# The Talmud

The Talmud
# 탈무드

유대교 랍비 원작 | 천선란 추천

1판 1쇄 인쇄 2021년 8월 20일 | 1판 1쇄 발행 2021년 8월 27일

엮은이 권영이 | 그린이 김지영
펴낸이 정중모 | 펴낸곳 팡세미니 | 등록 1988년 1월 21일(제406-2000-000202호)
편집장 서경진 | 편집 윤소정, 강정윤 | 디자인 권순영
마케팅 김선규 | 제작 윤준수 | 관리 이원희, 고은정, 원보람
주소 경기도 파주시 회동길 152
전화 031-955-0700 | 팩스 031-955-0661 | 홈페이지 www.yolimwon.com
전자우편 bbchild@yolimwon.com
ISBN 978-89-6155-938-6 04800, 978-89-6155-907-2(세트)

The Talmud

# 탈무드

유대교 랍비 원작 | 천선란 추천

팡세
미니

선함과 용감함으로
넘어갈 수 있었던 삶의 많은 부분을
우리가 얼마나 어렵고 복잡하게
대처해왔는지.

# 차례

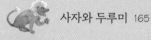

## 천선란이 배워온 지혜의 조각

제목을 대보라면 도통 생각나지 않지만, 어디선가 읽어 봤음 직한 짧은 이야기들이 있다. 바로 탈무드다. 모두 '탈무드'는 알고 있지만 그래서 탈무드가 무엇이냐고 물었을 때 대답할 수 있는 사람은 거의 없다. 솔로몬이 등장하는 이야기인 것 같기도 하고, 전래동화 같기도 하며 이솝우화랑 헷갈리기도 한다. 그리고 어딘가 좀 뻔하고 당연하게 느껴지기도 한다. 우리는 그동안 조각조각 흩어진 탈무드를 교과서에서, 문제집에서, 학습지에서 그리고 짧은 애니메이션에서 보았다. 조금은

시시하고 유치하게 느끼다가도 어느 순간 손뼉을 치며 깨달음을 얻었을 것이다. 그러나 우리는 더 이상 탈무드를 읽지 않는다. 탈무드에 나와 있는 모든 지혜를 습득했다고 생각하며, 나는 현명하다는 오만에 빠져서 해결책을 안다고 믿기 때문이다. 그러다 끝내는 우리가 탈무드를 읽으며 자랐다는 사실조

차 잊게 된다.

　그러고 보니 조각조각 탈무드를 접했던 우리의 모습이 마치 한 권의 탈무드처럼 느껴졌다. 탈무드에는 지혜로운 이, 영특한 이, 꾀가 많은 이, 억울한 누명을 쓴 이, 현명한 이 등 다양한 유형의 사람들이 등장한다. 우리가 탈무드를 접하는 환경과 이야기를 느끼는 방식은 이렇듯 탈무드에 등장하는 인물들처럼 다양하다. 우리는 한 번쯤 제대로 된 탈무드를 읽을 필요가 있다. 조각조각 나뉜 이야기가 아니라, 온전한 한 권을

읽었을 때 느낄 수 있는 또 다른 영역을 위해. 부푼 기대로 이 책을 집어 들었다면 책의 절반을 읽어갈 때쯤 느낄 것이다. 조금 시시하고 유치하다고 여기던 이야기에서, 선함과 용감함으로 넘어갈 수 있었던 삶의 많은 부분을 우리가 얼마나 어렵고 복잡하게 대처해왔는지를.

소설가 천선란(한국과학문학상 장편 대상 수상)

The Talmud

탈무드

## 칭찬받는 잡초

한 농부가 정원에서 잡초를 뽑고 있었습니다. 허리를 굽히고 잡초를 뽑는 농부의 이마에서 땀이 비 오듯 쏟아졌습니다. 농부는 땀을 닦으며 투덜댔습니다.

"이 지긋지긋한 잡초만 없다면 정원이 훨씬 더 깨끗했을 텐데, 참 알다가도 모를 일이야. 하느님은 왜 이런 쓸데없는 잡초를 만드셨을까?"

그러자 이미 뽑혀, 정원 한구석에서 말라 가던 잡초가 농부에게 대꾸했습니다.

"아저씨! 우리가 왜 쓸모없어요? 우리도 쓸모가 많다고요."

농부는 잡초의 말을 듣고 기가 막혀서 껄껄 웃었습니다.

"그래? 그럼 너희가 무슨 쓸모가 있는지 말해 보렴."

조금 전까지 시들시들하던 잡초가 발딱 기운을 차리고는 말했습니다.

"우리는 흙 속으로 넓게 뿌리를 뻗어서 비가 올 때 흙이 떠내려가는 것을 막아 준다고요."

가만히 듣고 보니 맞는 말인 것 같아 농부는 고개를 끄떡였습니다. 잡초는 신이 나서 고개를 번쩍 쳐들고 이야기했습니다.

"그것뿐인가요? 흙이 바람에 날아가지 않도록 해 주는 것도 우리예요. 그러니 우리가 아저씨의 정원을 지켜 온 거나 마찬가지라고요."

농부는 잡초를 뽑던 손을 놓고 바닥에 앉아 잡초가 하는 이야기를 가만히 들었습니다. 잡초는 의기양양해져 말했습니다.

"만약 우리가 없었다면 흙이 비에 쓸려 내려가고, 바람에 날아가 버려서 꽃을 가꾸지도 못했을 걸요. 그러니 꽃이 아름답게 핀 데에는 우리 잡초의 수고도 있다고요."

잡초의 말을 들은 농부는 이마의 땀을 닦으며 정원을 둘러보았습니다. 정원에는 알록달록한 옷을 입고 서로 예쁘다고 뽐내는 꽃들이 농부를 바라보고 있었습니다.

"그래, 네 말이 맞구나. 누구라도 혼자서는 살 수가 없지. 다 서로서로 도우며 사는 게야."

그 일이 있은 뒤로 농부는 잡초를 지긋지긋하게 생각하지 않고, 도리어 아름다운 꽃이 필 때마다 칭찬을 해 주었습니다.

"꽃들이 참 예쁘게 피었구나. 잡초 너희들도 그동안 수고 많았다."

그럴 때마다 꽃과 잡초는 서로 마주 보며 활짝 웃었습니다.

The Talmud

탈무드

# 공주와 거지의 사랑

옛날 이스라엘의 솔로몬 왕은 지혜롭고 덕이 있어 훌륭한 정치를 펼쳤습니다. 그런 솔로몬 왕에게는 아름답고 영리한 딸이 하나 있었습니다. 솔로몬 왕은 자신의 사랑하는 딸이 훌륭한 청년과 결혼하기를 바랐습니다.

어느 날 밤, 솔로몬 왕은 사랑하는 딸이 거지와

다름없는 초라한 청년과 좋아하는 꿈을 꾸었습니다. 꿈에서 깨어난 왕은 기분이 몹시 언짢았습니다. 꿈속에서 일어났던 일이 실제로 일어날까 봐 걱정이 이만저만 아니었습니다.

솔로몬 왕은 고민 끝에 궁궐에서 멀리 떨어진, 사람이 다니지 않는 곳에 높은 성을 쌓고, 그 안에 사랑하는 딸을 가두었습니다.

"성안에 남자가 절대로 들어가지 못하도록 잘 지키거라!"

솔로몬 왕은 성을 지키는 병사에게 엄하게 명령을 내리고는 흡족한 미소를 지었습니다.

"이제 공주와 어울리는 늠름한 젊은이를 찾아야 겠군. 저렇게 갇혀 있으니 공주가 아무하고나 사랑에 빠지지는 않을 테지."

한편, 이스라엘 근처의 어느 들판에서 거지 청

년 한 명이 길을 잃고 헤매고 있었습니다. 청년은 하루 종일 거칠고 메마른 곳에서 길을 찾아 헤매느라 몹시 지쳐 있었습니다.

"아, 배도 고프고 추워서 견딜 수가 없구나."

거지 청년은 지친 몸을 이끌고 이리저리 잠자리를 찾다가 길가에 떨어진 사자 가죽을 발견했습니다.

거지 청년은 추위를 막기 위해 사자 가죽을 뒤집어쓰고 풀밭에 누워 잠을 잤습니다.

다음 날 날이 밝았는데도 청년은 피곤해서 일어나지 못했습니다. 그때 먹잇감을 찾아 하늘을 날던 독수리 한 마리가 사자 가죽을 뒤집어쓴 거지 청년을 사자로 알고 쏜살같이 낚아채서 하늘로 올라갔습니다. 독수리는 사자를 먹을 장소를 찾다가 그만 청년을 땅에 떨어뜨리고 말았습니다.

그곳은 바로 공주가 갇혀 있던 성안이었습니다.

공주는 하늘에서 떨어진 청년을 보고 깜짝 놀랐습니다. 하지만 곧 좋아하며 말했습니다.

"어머나! 이렇게 멋진 청년은 처음 보네. 하느님께서 내게 보내 주신 선물이 틀림없어."

성안에서 혼자 외롭게 지내던 공주는 금방 그 청년과 사랑에 빠졌습니다.

　나중에 이 사실을 알게 된 솔로몬
왕은 혼자 중얼거렸습니다.
　"만나야 될 사람은 비록 왕이
라고 해도 막을 수가 없구나."

왕은 공주와 거지 청년을 결혼시키기로 마음먹었습니다.

결혼식 날 솔로몬 왕은 두 사람의 손을 잡고 말했습니다.

"너희는 하느님이 맺어 준 사람들이니 누구보다도 행복하게 잘살아야 한다."

공주와 청년은 다정한 입맞춤으로 미래를 약속했습니다.

The Talmud

탈무드

# 내기에서 이긴 혀

　어느 나라의 왕이 침을 계속 흘리는 이상한 병에 걸렸습니다. 의사는 왕에게 암사자의 젖을 먹으면 나을 수 있다고 말했습니다. 그러나 암사자의 젖을 구하는 것은 무척 어려운 일이었습니다. 그때 한 신하가 암사자의 젖을 구해 오겠다고 나섰습니다. 왕은 매우 기뻐하며 말했습니다.

"암사자의 젖을 먹고 내 병이 낫는다면, 너에게
큰 상을 내리겠다."

그 신하는 매일 토끼 한 마리씩을 암사자가 살
고 있는 동굴에 넣어 주었습니다. 암사자는 신하
가 넣어 준 토끼를 맛있게 먹었습니다. 신하는 열
흘 동안 같은 일을 반복했습니다.

처음에는 살짝 경계를 하기도 했지만 차츰 암사자도 신하를 믿었고, 곧 둘은 친한 사이가 되었습니다. 이제 신하가 다가와도 암사자는 경계하지 않았습니다. 머지않아 신하는 왕의 약으로 쓸 암사자의 젖을 구할 수 있었습니다.

궁궐로 돌아오던 날 밤, 신하는 자기 몸의 여러 부분이 싸우는 꿈을 꾸었습니다. 눈과 다리, 심장, 입 등이 서로 자신이 더 공이 많다며 다투고 있었습니다.

다리가 땅바닥을 탕탕 구르며 큰소리를 쳤습니다.

"내가 없었다면, 사자 굴에 가지도 못했어!"

그러자 눈이 다리를 째려보며 말했습니다.

"흥, 말도 안 돼. 너희들끼리 사자 굴을 찾을 수 있었겠어? 내 덕에 찾은 거라고!"

둘이 토닥토닥
다투는 것을
보던 심장이
크게 웃으며
말했습니다.

"하하! 가소롭
군. 내가 없었어 봐.
너흰 힘이 없어서 움직이지도 못했을걸."

그때 혀가 톡 튀어나오면서 큰소리를 쳤습니다.

"피, 별 볼일도 없는 너희들이 뭘 했다고 그러
니?"

그러자 다리와 눈, 그리고 심장이 합창하듯이
말했습니다.

"뼈도 없고, 힘도 없는 주제에 건방지구나."

혀는 그 말에 콧방귀를 뀌며 말했습니다.

"흥, 그럼 우리 중에 누가 제일 힘이 센지 내기를 해 볼까?"

"좋아, 네가 내기에서 이긴다면 너를 인정해 줄게."

혀는 자신만만하다는 걸 보여 주기 위해 입안을 요리조리 헤집고 다녔습니다.

잠에서 깬 신하는 서둘러 궁궐로 향했습니다. 드디어 궁궐에 도착한 신하는 왕에게 암사자의 젖을 바치며 큰 소리로 말했습니다.

"이 젖을 드시면 병이 씻은 듯이 나으실 겁니다!"

"그래, 수고했다. 이게 귀한 암사자의 젖이란 말이지?"

그때 신하 입속의 혀가 큰 소리로 대답했습니다.

"아닙니다. 이 젖은 흔하디흔한 개의 젖입니다."

신하는 자기 생각과 다른 대답을 하고 나서 몸 둘 바를 몰라 했습니다. 몸의 다른 부분들도 깜짝 놀라 혀를 말렸습니다.

"너, 지금 무슨 짓을 하고 있는 거야?"

"흥, 그럼 뱀의 젖이라고 말할까?"

몸의 다른 부분들은 깜짝 놀라 급히 혀에게 사과했습니다. 그제야 혀는 목소리를 다듬고 왕에게 말했습니다.

"아, 죄송합니다. 제가 너무 떨려서 말을 잘못했습니다. 이 젖은 틀림없는 암사자의 젖입니다."

왕은 크게 기뻐하며 신하에게 큰 상을 내렸습니다. 그러자 혀가 큰소리를 쳤습니다.

"이번 내기는 틀림없이 내가 이긴 거야."

다리와 눈, 심장이 풀 죽은 목소리로 대답했습

니다.

"알았어."

혀는 비록 뼈도 없고 힘도 없지만, 중요한 순간에 큰일을 할 수 있다는 것을 보여 주었습니다. 그때부터 몸의 다른 부분들은 서로 얕잡아 보는 일 없이 사이좋게 지냈습니다.

The Talmud

탈무드

# 꿈 나무

　옛날 어느 마을에 나이가 많아 허리가 구부러진 할아버지가 살고 있었습니다. 마을 사람들은 할아버지를 보고 '꼬부랑 할아버지'라고 불렀습니다.

　어느 날 꼬부랑 할아버지가 마당가에 나무를 심고 있었습니다. 지나가던 젊은이가 그 모습을 보고 물었습니다.

"할아버지, 무슨 나무를 그렇게 열심히 심고 계세요?"

꼬부랑 할아버지는 고개도 돌리지 않고 대답했습니다.

"맛있는 과일이 열릴 나무라네."

그 말을 들은 젊은이는 꼬부랑 할아버지에게 더 가까이 다가와 다시 물었습니다.

"할아버지, 그 나무에서 언제 열매를 딸 수 있는데요?"

꼬부랑 할아버지는 이마에 흐르는 땀을 닦으며 천연덕스럽게 대답했습니다.

"글쎄, 한 이십 년쯤 지나야 딸 수 있지 않겠나?"

"할아버지가 그때까지 사실 수 있으세요?"

꼬부랑 할아버지는 굽은 허리를 펴며 젊은이를

보았습니다. 그러고는 장난기가 묻은 웃음을 지으며 나무랐습니다.

"예끼! 지금 이 늙은이를 놀리는 겐가? 그때까지 살면 자손들에게 미움받네."

"그런데 어차피 드시지도 못할 과일나무를 왜 그렇게 힘들게 심으세요?"

꼬부랑 할아버지는 마당을 한번 천천히 둘러보며 나지막하게 말했습니다.

"내가 태어났을 때 우리 집 마당에 있는 과일나무에 과일이 주렁주렁 열렸었지. 그 나무는 내가 태어나기 한참 전에 우리 할아버지께서 나를 위해 심으셨던 거라네."

젊은이는 꼬부랑 할아버지 말을 듣고 마당을 쭉 둘러보았습니다. 꼬부랑 할아버지가 다시 말했습니다.

"나도 지금 내 할아버지와 똑같은 일을 하고 있다네."

그제야 꼬부랑 할아버지의 깊은 뜻을 이해한 젊은이는 고개를 끄떡이며 말했습니다.

"아, 그런 깊은 뜻이 있는 줄 몰랐습니다."

젊은이는 꼬부랑 할아버지에게 인사를 하고 돌아서며 중얼거렸습니다.

"아, 나는 그동안 뭘 했지? 그냥 시간만 흘려보내고 있었어."

젊은이는 지난 시간을 되돌아보았습니다.

"나도 누군가에게 도움을 줄 수 있는 일을 찾아봐야겠어."

젊은이는 총총걸음으로 사라졌습니다. 꼬부랑 할아버지가 그 모습을 보고 빙그레 웃었습니다.

The Talmud

탈무드

# 양치기 다윗

옛날 이스라엘의 어느 시골 마을에 어린 다윗이 살고 있었습니다. 다윗은 날마다 양들을 데리고 들판으로 나가 풀을 먹이며 돌보는 일을 하고 있었습니다.

어느 날, 다윗은 힘센 젊은 양들이 약한 어린 양들을 밀어붙이고 연한 풀을 독차지하는 것을 보았습니다.

"저런, 나쁜 녀석들. 너희들 그러면 안 돼!"

다윗은 혼도 내 보았지만, 젊은 양들은 들은 척도 하지 않고 같은 일을 반복했습니다. 다윗은 무슨 좋은 방법이 없을까 생각했습니다.

"아직 이빨이 채 나지 않은 어린 양들에게 연하고 신선한 풀들을 먹게 해야 돼. 젊고 힘센 양들은 이빨이 튼튼해서 질긴 풀도 얼마든지 뜯을 수 있으니까."

다윗은 어린 양과 젊은 양을 바라보며 중얼거리다 곧 좋은 생각이 났는지 벌떡 일어났습니다.

"그래, 이제 걱정하지 않아도 돼!"

다윗은 곧바로 세 개의 우리를 만들고 울타리를 쳤습니다. 한 우리에는 어린 양을 집어넣고, 또 하나에는 늙은 양, 나머지 한 우리에는 젊고 튼튼한

양을 넣어 따로따로 살게 했습니다. 다윗은 양들을 보며 흐뭇해했습니다.

"이제 싸우지 않고 사이좋게 먹을 거야."

다음 날부터 다윗은 어린 양들의 우리를 제일 먼저 활짝 열었습니다. 어린 양들은 이리저리 뛰어다니면서 싱싱하고 파릇파릇한 연한 풀을 배불리 뜯어 먹었습니다. 그다음은 늙은 양의 우리를 열어 느긋하게 풀을 뜯어 먹도록 했습니다. 다윗은 마지막으로 젊은 양들의 우리 문을 열어 주었습니다. 질긴 풀밖에 남아 있지 않은 들판에서 젊은 양들은 튼튼한 이빨로 남은 풀을 맛있게 뜯어 먹었습니다.

이렇게 해서 양들은 서로 다투지 않고 마음껏 풀을 먹을 수 있게 되었습니다.

하늘에서 이 모습을 내려다본 하느님은 흐뭇했

습니다.

"오, 양들을 지혜롭게 보살필 줄 아는 다윗에게 이스라엘 백성들을 다스리게 해야겠구나."

어린 다윗은 영리하고 성실하여 마을 사람들의 칭찬을 받고 자랐습니다. 사람들은 그런 다윗이 훌륭한 사람이 될 거라고 믿었습니다. 훗날 다윗은 백성들을 잘 다스리는 훌륭한 왕이 되었답니다.

The Talmud

탈무드

# 우유를 엎지른 개

옛날 이스라엘의 작은 시골 마을에 행복한 가족이 살고 있었습니다. 그 집에는 가족처럼 여기며 함께 살고 있는 개가 있었습니다. 가족은 그 개를 아주 귀여워했습니다. 개도 자기가 가족 중 한 사람이라고 생각하는 것 같았습니다.

가족 중에서도 특히 어린 아들이 개를 가장 좋

아했습니다. 아들은 침대에서 개와 함께 자려고 할 정도로 개와 떨어지지 않으려고 했습니다. 부모님이 아들을 타일렀습니다.

"애야, 개는 밖에서 자는 거란다."

"개가 옆에 없으면 잠이 안 와요. 같이 자게 해 주세요."

어린 아들은 울먹이면서 개의 목을 끌어안고 놓아주지 않았습니다. 개도 어린 아들의 가슴에 얼굴을 묻고 꼬리를 살랑거렸습니다.

"그래, 알았어. 그러니까 울음을 그치렴!"

부모님은 어린 아들과 개가 친하게 지내는 모습을 흡족하게 지켜보았습니다.

그러던 어느 날, 부엌 찬장에 놓여 있던 우유 통 속에 뱀 한 마리가 들어갔습니다. 독을 가진 뱀은 우유 통 속에서 독을 뿜어냈습니다. 마침 부엌을 지나가던 개가 그 모습을 보았습니다.

저녁때가 되어 어머니가 찬장에서 우유를 꺼내 식탁에 올려놓았습니다. 그 모습을 보고 개가 무섭게 짖어 댔습니다. 어머니는 개를 나무랐습니다.

"오늘따라 왜 그러니? 시끄러워서 저녁을 못 먹겠구나."

어머니는 접시에 음식을 담은 다음, 가족들에게 우유를 한 잔씩 따라 주었습니다.

"자, 하느님께 감사 기도를 드리고 식사하자."

아버지의 기도가 끝나고 어린 아들이 우유를 마시려고 컵을 막 들었을 때였습니다. 갑자기 개가 달려들어 아들이 마시려던 우유를 엎질러 버렸습니다. 어린 아들은 자기 우유가 바닥에 쏟아지자 엉엉 울음을 터뜨렸습니다. 아버지는 화를 내며

개를 밖으로 쫓아내려 했습니다.

"너, 자꾸 말썽을 부려서 안 되겠구나. 밖으로 나가거라!"

아버지는 나가지 않으려는 개를 억지로 떠밀었습니다.

그때였습니다. 쫓겨나던 개가 바닥에 쏟아진 우유를 핥아먹었습니다. 그러고는 그 자리에서 입에 거품을 물고 죽어 버렸습니다.

"아니, 이럴 수가!"

그제야 가족들은 우유에 독이 든 것을 알게 되었습니다. 그리고 개가 목숨을 버려서까지 가족을 살리려 했다는 것도요. 가족들 모두 큰 슬픔에 빠졌습니다. 특히 개와 친했던 어린 아들은 오랫동안 개를 끌어안고 울었습니다.

"우리 가족을 살려 줘서 고맙구나."

아버지는 개를 마당가에 정성껏 묻어 주었습니다. 그리고 가족들의 목숨을 살려 준 고마운 마음을 기억하기 위해 주변에 예쁜 꽃나무를 심었습니다.

봄이 되면 예쁜 꽃에서 나는 향기가 마당 가득 퍼졌습니다. 마치 개가 가족 주변에서 맴도는 것처럼 느껴졌습니다. 그들은 꽃향기를 맡으면서 목숨을 던져 가족을 살린 개를 잊지 않겠다고 다짐을 했습니다.

The Talmud

탈무드

# 배에 난 구멍

호숫가 어느 마을에 작은 배 한 척을 가지고 행복하게 사는 남자가 있었습니다. 남자는 여름이 되면, 가족을 배에 태우고 호수로 나가 낚시질하는 것을 아주 좋아했습니다.

여름이 지나자 그는 배를 뭍으로 끌어올렸습니다. 그런데 배 밑바닥에 아주 조그만 구멍이 뚫려 있었습니다.

"이런! 배에 구멍이 뚫렸군. 어쩌지?"

남자는 한참 동안 배에 난 구멍을 만지다가 손바닥을 탈탈 털고 일어나며 중얼거렸습니다.

"어차피 내년 여름에나 쓸 거니까 나중에 고쳐야겠어."

남자는 배를 페인트공에게 맡겨 페인트만 다시 칠하고는 그대로 두었습니다.

이듬해 여름이 되었습니다. 남자의 개구쟁이 두 아들은 배를 타고 호수에 나가고 싶어 했습니다.

"형, 우리 배 타고 호수 가운데까지 가 보자."

"좋아!"

두 아들은 신이 나 남자에게 말했습니다.

"아빠, 우리 배 타고 놀다 올게요."

"그래, 물에 빠지지 않도록 조심해라."

남자는 배에 구멍이
뚫려 있다는 것을
까맣게 잊고는 두 아들
을 배에 태워 보
냈습니다. 배 밑
에 구멍이 뚫려
있다는 것을 떠올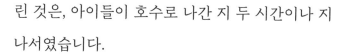
린 것은, 아이들이 호수로 나간 지 두 시간이나 지
나서였습니다.

"아이고, 큰일 났네. 배 밑바닥에 구멍이 뚫려
있는데!"

그는 어쩔 줄 몰라 했습니다. 아이들은 아직 수
영을 할 줄 모르기 때문에 물에 빠지면 큰일이었
습니다.

그는 아이들을 구하려고 허둥대며 밖으로 뛰어

나갔습니다. 그런데 그때 배를 끌고 돌아오는 두 아들과 마주쳤습니다.

"오, 하느님. 감사합니다."

그는 두 아들이 무사히 돌아오는 모습을 보고 너무나 반가워서 그 자리에 털썩 주저앉아 감사의 눈물을 흘렸습니다.

남자는 정신을 차리고 나서 배 밑바닥을 찬찬히 살펴보았습니다. 배 밑바닥에 뚫린 구멍이 감쪽같이 메워져 있었습니다.

"작년에 페인트를 칠할 때 페인트공이 구멍을 고친 모양이군. 참으로 고마운 사람이야."

다음 날, 남자는 선물을 사 들고 페인트공을 찾아갔습니다. 그러고는 선물을 주며 인사했습니다.

"고맙습니다. 내가 부탁하지도 않았는데 배에

구멍을 막아 줘서요. 당신 덕분에 내 아들들이 무
사했습니다."

페인트공은 겸연쩍어하며 선물을 받지 않으려
고 했습니다.

"배를 칠한 값은 이미 작년에 받았고, 구멍이야
칠을 하다가 보이기에 막았을 뿐입니다. 따로 선
물을 주지 않으셔도 됩니다."

페인트공이 한사코 선물을 받지 않으려고 하자, 그는 페인트공의 손을 꼭 잡고 다시 한번 인사를 했습니다.

"구멍을 고쳐 달라고 하지 않았는데도 배의 구멍을 고쳐 주셔서 두 아이의 목숨을 구할 수 있었습니다. 이 선물은 고마움을 전하고 싶은 제 마음의 표시입니다. 제발 받아 주십시오."

페인트공이 선물을 받자 남자는 활짝 웃었습니다.

남자는 그 일이 있은 뒤, 할 일을 뒤로 미루는 법 없이 그때그때 처리했다고 합니다.

The Talmud

탈무드

# 천국과 지옥의 차이

어떤 가난한 남자가 랍비를 찾아와 투덜거렸습니다.

"선생님, 저의 집은 코딱지만 해서 여덟 명이나 되는 아이들과 살기가 힘듭니다."

랍비는 참 안됐다는 얼굴로 그 남자의 말을 들어 주었습니다. 남자는 계속해서 불평을 늘어놓았습니다.

"거기다 마누라는 마귀할멈 같습니다. 날이면 날마다 바가지를 긁고 저를 못살게 굽니다."

"저런, 참으로 힘들겠네."

그 남자는 랍비가 자기편을 들어 주자 신이 나서 침까지 튀겨 가며 이야기했습니다.

"랍비님은 제 마음을 알아주시네요. 정말이지 참을 수가 없습니다. 어떻게 하면 좋지요?"

남자는 랍비에게 부인과 헤어지는 게 좋겠다는 답을 듣고 싶어 하는 것 같았습니다. 그런데 랍비는 엉뚱한 질문을 했습니다.

"자네 집에 염소가 있나?"

"물론 있지요. 있고말고요."

랍비는 조용하고 낮은 목소리로 말했습니다.

"그러면 오늘부터 염소를 집 안에서 길러 보게

나."

남자는 고개를 갸웃거리며 돌아갔습니다. 그러고는 다음 날 다시 랍비를 찾아왔습니다.

"선생님, 미칠 것 같습니다. 못된 마누라에 많은 아이들, 이제는 집 안에 염소까지 득실거리니 더이상 살 수가 없습니다."

랍비는 남자에게 또 물었습니다.

"자네 집에 닭은 있는가?"

"물론이지요. 닭 몇 마리 기르지 않는 집이 어디 있겠어요?"

"그러면 오늘부터 닭을 모두 집 안에 넣어 기르도록 하게."

남자는 랍비가 듣고 싶은 말은 해 주지 않고 엉뚱한 이야기만 한다고 투덜대며 돌아갔습니다. 그리고 이튿날 또 찾아왔습니다.

"선생님, 전 이제 죽으면 죽었지 집에는 못 들어가겠습니다."

"그렇게 힘든가? 그렇다면 염소와 닭을 밖으로 내보내고 내일 다시 찾아오게나."

이튿날 남자는 싱글벙글 웃으며 랍비를 찾아왔습니다. 그 남자의 얼굴이 환해서 해를 보는 것 같았습니다.

"선생님, 선생님 말씀대로 염소와 닭을 내보냈더니 저의 집이 이제 천국이나 다름없습니다. 선생님이 아니었으면 저는 지옥에서 살다가 죽을 뻔했습니다."

랍비는 남자의 손을 꼭 잡고 다정하게 말을 해 주었습니다.

"천국과 지옥의 차이는 결코 크지 않다네. 그저 마음먹기에 달렸지."

그 남자는 고맙다고 연신 고개를 숙이며 인사를 했습니다.

The Talmud

탈무드

# 현명한 장사꾼

옛날 어느 시골에 장사꾼이 있었습니다. 그 장사꾼은 좋은 물건을 사기 위해 큰 도시로 갔습니다. 며칠 뒤에 물건을 싸게 살 수 있는 시장이 열린다는 소식을 들었습니다.

"싼 물건을 사서 고향에 돌아가 비싸게 팔면 되겠군."

장사꾼은 시장이 열릴 때까지 기다리는 동안 물건 살 돈을 잃어버릴까 봐 걱정했습니다.

"이 돈을 잃어버리지 않게 잘 가지고 있어야 하는데……. 좋은 방법이 없을까?"

장사꾼은 밤잠까지 설쳐 가며 고민했습니다.

"옳거니, 좋은 생각이 떠올랐어."

장사꾼은 아침이 되자마자 일어나서 사람이 다니지 않는 으슥한 곳에 자신이 가진 은화 오백 개를 몽땅 묻었습니다.

그런데 며칠 뒤 장이 서는 날 새벽에 그곳에 가 보니 땅에 묻어 두었던 돈이 온데간데없이 사라져 있었습니다. 장사꾼은 하늘이 무너져 내리는 것 같았지만 정신을 가다듬고 곰곰이 생각해 보았습니다.

"이건 분명히 내가 돈을 땅에 묻는 걸 누군가 본

거야. 그러지 않고서야 어떻게 여기에 돈이 있는 줄 알았겠어."

장사꾼은 주위를 둘러보았습니다. 그러자 전에는 미처 보지 못했던 집 한 채가 꽤 먼 곳에 있는 것이 보였습니다.

장사꾼은 지나가는 사람인 양 그 집에 가서 물 한 그릇을 줄 수 없느냐고 물으며 사방을 살펴보았습니다. 곧 그는 자기가 땅을 파고 묻었던 곳이 여기서 아주 잘 보인다는 사실을 알아냈습니다. 물을 마신 장사꾼은 태연하게 집주인에게 고맙다는 인사를 하고 나오다가, 돌아서서 집주인에게 말했습니다.

"어르신께 지혜를 빌리고 싶은데 괜찮겠습니까? 저는 시골뜨기라 도통 도시에 관해서는 아는 게 없어서요."

"그러시구려. 내가 아는 게 있으면 알려 주겠소."

"이 도시 시장에서 물건을 싸게 살 수 있다고 해서 먼 시골에서 물건을 사러 왔습니다. 가지고 온 돈 중에 은화 오백 개가 들어 있는 작은 주머니는 다음 장이 열리면 쓰려고 미리 땅에 묻어 두었지요. 은화 팔백 개가 들어 있는 주머니는 오늘 쓰려고 했더니 오늘 장에는 좋은 물건이 없더군요, 그래서 다음 장날에 사야 할 것 같아서요."

집주인의 눈이 커졌습니다. 장사꾼은 그때를 놓치지 않고 물었습니다.

"그래서 말인데요. 어르신, 은화 팔백 개가 든 주머니를 그냥 여관에 두는 게 나을까요, 믿을 만한 사람에게 맡기는 게 나을까요? 아니면 땅에 묻는 것이 나을까요? 부디 어르신의 지혜를 빌려 주십시오."

그러자 집주인은 친절하게 대답했습니다.

"요즘 세상에 믿을 만한 사람이 어디 있겠소? 내 생각에는 작은 주머니를 묻어 둔 곳에 함께 묻어 두는 게 안전할 것 같소."

"어르신 말씀이 옳은 것 같습니다. 여관에 있는 돈을 가져다 오늘 밤 늦게라도, 함께 묻어야겠군요."

장사꾼은 그 집에서 나와 집주인이 어떻게 하나 지켜보았습니다. 해가 질 무렵 집주인은 돈 자루를 들고 장사꾼이 돈을 묻었던 곳으로 갔습니다. 그리고 돈 자루를 그 자리에 도로 묻었습니다. 욕심 많은 집주인은 장사꾼이 묻을 은화 팔백 개마저 가로챌 생각이었던 것입니다.

"흥, 내 그럴 줄 알았지. 기는 사람이 있으면 나는 사람이 있다는 사실을 알고 내 돈을 훔쳤어야지. 하하."

지혜로운 장사꾼은 그날 밤 집주인이 묻은 돈
자루를 찾아 왔습니다. 그리고 도시에서 좋은 물
건을 싸게 사다가 고향 마을에 가서 비싸게 팔아
부자가 되었습니다.

The Talmud

탈무드

## 준비된 왕

어느 바닷가 마을에 마음씨 좋은 부자가 살고 있었습니다. 부자에게는 주인을 진심으로 섬기는 노예 한 사람이 있었습니다. 어느 날, 부자는 노예를 해방시켜 주었습니다. 그리고 노예에게 배 한 척과 많은 재산을 나누어 주며 말했습니다.

"지금부터 이 배를 타고 어디든 마음대로 가서

살도록 해라."

노예는 주인의 배려가 고마워서 감격의 눈물을 흘렸습니다.

"주인님, 감사합니다. 이 은혜는 결코 잊지 않겠습니다."

노예는 배를 타고 먼바다로 나가 좋은 섬을 발견하면 그곳에서 살기로 마음먹었습니다. 그런데 바다 한가운데서 그만 폭풍을 만나 배가 가라앉고 말았습니다. 노예는 파도에 떠내려가다가 조그만 섬에 닿았습니다. 전 재산을 몽땅 바다에 빠뜨리고 간신히 목숨만 건진 노예는 빈털터리가 되고 말았습니다.

노예는 힘없이 섬 안쪽으로 들어가 보았습니다. 섬 안에는 바다에서 볼 때 보이지 않던 큰 도시가 있었습니다. 노예가 막 도시 안으로 들어서자, 도시에 살고 있는 사람들이 모두 나와 환영했습니다. 사람들은 반갑게 노예를 맞으며 말했습니다.

"우리는 당신을 기다리고 있었습니다. 지금부터 당신을 우리 왕으로 모시겠습니다."

노예는 너무나 놀라 손을 내저으며 말했습니다.

"저는 모든 재산을 바다에 빠뜨리고 간신히 목숨만 건진 보잘것없는 사람입니다. 제 몸 하나도 의지할 곳 없이 떠도는 신세인데 왕이라니요? 당치도 않은 말씀입니다."

노예의 말을 듣고 한 사람이 나서서 말했습니다.

"걱정하지 마십시오. 우리는 일 년에 한 번씩 우리 섬으로 오시는 분을 왕으로 모시는 전통이 있습니다. 그러니 꼭 우리 왕이 되어 주셔야 합니다."

그제야 노예가 알겠다는 듯이 고개를 끄떡였습니다. 그 사람은 노예를 보고 한마디 덧붙였습니다.

"다만, 한 가지 문제가 있기는 합니다. 일 년 후에 당신은 이 섬을 떠나 저 맞은편에 있는 섬으로 가야 합니다. 저곳은 살아 있는 것이라고는 아무 것도 없는 '죽음의 섬'입니다."

"네? 그러면 저더러 일 년 후에 저기 가서 죽으란 말입니까?"

노예는 그의 말을 듣고 나서 왕을 하지 않겠다고 버텼지만, 섬의 전통대로 결국 왕이 되고 말았습니다.

왕이 된 노예는 '죽음의 섬'을 바라보며 생각을

거듭했습니다. 그러고는 매일매일 남들 몰래 섬으로 건너가 샘을 파고, 과일나무를 옮겨 심었습니다. 그리고 부지런히 땅을 일구어 섬 이곳저곳에 곡식의 씨도 뿌려 놓았습니다.

　그렇게 약속한 일 년이 지나자 사람들은 노예를 정말 '죽음의 섬'으로 쫓아 버렸습니다. 하지만 '죽음의 섬'은 완전히 변해 있었습니다. 그동안 열심히 일구고 가꾼 덕에 곡식과 과일이 풍성했고, 사방에 핀 꽃은 보기만 해도 즐거워졌습니다.

　노예는 새로운 섬에서도 왕이 되어 오래오래 행복하게 잘살았습니다.

The Talmud

탈무드

# 금화가 맺어 준 사돈

옛날 어느 마을에 지혜로운 랍비가 살고 있었습니다. 어느 날 키 큰 남자와 키 작은 남자가 함께 랍비를 찾아왔습니다. 두 사람은 랍비에게 간곡히 부탁했습니다.

"선생님, 저희 이야기를 들으시고 현명한 결정을 할 수 있도록 도와주십시오."

"무슨 일인데 그러시오?"

랍비가 호기심 가득한 얼굴로 물었습니다. 그러자 그중 키 큰 남자가 얼른 나서서 이야기했습니다.

"제가 며칠 전에 이 사람에게 밭을 팔았는데, 그 밭에서 많은 금화가 발견되었습니다. 그런데 이 사람이 저에게 그 금화를 가지라고 하는 겁니다. 이미 전 밭을 팔았는데 어떻게 제가 그 금화를 받겠습니까?"

그랬더니 옆에 있던 키 작은 남자가 화를 냈습니다.

"랍비님, 저는 밭을 산 거지 결코 금화를 산 건 아닙니다. 저보고 그 금화를 가지라고 한다면 저는 도둑이 되는 겁니다. 그러니 어떻게 그 금화를 갖겠습니까?"

키 작은 남자 말이 끝나자마자 곁에 있던 키 큰 남자도 발끈하며 말했습니다.

"그건 틀린 말입니다. 저는 밭을 팔았으니 밭에 있는 건 다 이 사람 것이지요."

랍비는 두 사람을 보고 물었습니다.

"그래서 서로 금화를 주겠다, 안 받겠다 하고 싸우다가 나를 찾아온 거요?"

두 사람을 그렇다고 고개를 끄떡였습니다. 랍비는 눈을 감고 생각하다가 두 사람에게 물었습니다.

"두 분께서는 혹시 결혼을 시킬 만한 자녀가 있습니까?"

"네. 저는 아들이 하나 있고, 이 사람은 딸이 하나 있습니다만……."

랍비는 빙그레 웃으며 말을 했습니다.

"그렇다면 두 사람을 결혼시켜 그 금화를 물려 주시오. 그러면 당신 둘은 서로 싸우지 않고 금화를 양보하게 될 테고, 그대들의 아들과 딸은 부모에게 금화를 물려받게 되었으니 앞으로 효도를 더 많이 할 것 아니오?"

"아하! 그런 좋은 방법이 있는 걸 몰랐다니……"

두 사람은 랍비에게 고맙다고 큰절을 하고는 싱글벙글 웃으며 돌아갔습니다.

The Talmud

탈무드

## 사이좋은 부부

옛날에 유난히 사이가 좋은 유대인 부부가 살았습니다. 그런데 이들 부부에게는 한 가지 큰 걱정거리가 있었습니다. 결혼한 지 십 년이 넘도록 아기가 없었던 것입니다.

유대인 전통에 따르면 결혼한 지 십 년이 넘도록 아기를 낳지 못하는 여자는 남편의 가족이 강

제로 쫓아낼 수 있었습니다. 남편의 가족과 친척들은 아기를 못 낳는 부인을 쫓아내라고 아우성을 쳤습니다. 날이 갈수록 더욱 심하게 닦달을 해댔습니다. 고민하던 부부는 랍비를 찾아가 의논을 했습니다.

랍비는 두 사람의 이야기를 듣는 동안 부부가 서로 진심으로 사랑하고 있다는 것을 알았습니다. 그래서 이 부부를 헤어지게 해서는 안 된다고 생각하고 방법을 알려 주었습니다.

"내가 시키는 대로 하면 헤어지지 않아도 될 겁니다."

랍비에게 방법을 배운 부부는 고맙다고 인사를 하고 돌아왔습니다.

다음 날 남편은 랍비가 알려 준 대로 자기와 헤어질 아내를 위로하는 큰 잔치에 많은 친척과 마을 사람들을 초대했습니다.

남편은 잔치에 참석한 사람들에게 자기 아내가 얼마나 훌륭한 사람인지 이야기했습니다.

"나는 아내와 헤어지지만, 아내가 싫어서가 아닙니다. 하느님이 우리 부부에게 아기를 주시지 않았기 때문입니다. 잔치가 끝나는 대로 아내에

게 선물을 주고 싶습니다. 아내가 원하는 것이라면 아무리 소중한 것이라도 다 줄 것입니다."

남편의 이야기를 들은 마을 사람들은 남편의 마음을 안다는 듯이 고개를 끄떡였습니다. 어떤 사람들은 사랑하는 두 사람이 헤어지는 걸 무척 안타까워했습니다.

잔치가 끝나는 시간이 다가오자 남편이 아내에게 말했습니다.

"내가 가진 것 중에서 당신이 갖고 싶은 것이 있으면 하나를 고르시오. 당신이 원하는 것이라면 무엇이든 주겠다고 여기 모인 사람들 앞에서 약속하겠소."

그러자 아내는 눈물을 흘리면서 남편에게 말했습니다.

"이제 저에게 당신이 없는데 제아무리 값비싼

금은보화가 있다 한들 무슨 소용이 있겠어요. 저에게 꼭 하나 필요한 건, 오직 당신뿐이랍니다."

아내의 말이 끝나기가 무섭게 그 안에 모여 있던 사람들은 자기도 모르게 모두 일어나 크게 박수를 쳤습니다. 서로 지혜롭게 사랑하는 두 부부를 보고 모여 있던 사람들은 크게 감동을 한 것입니다.

남편의 가족과 친척들도 마음이 바뀌어서 그의 아내를 쫓아내라는 닦달을 그만두었습니다. 그 부부는 얼마 후에 아기를 낳아 행복하게 잘살았습니다.

The Talmud

탈무드

# 등불을 든 장님

고갯길을 조심조심 걸어가는 한 남자가 있었습니다. 달도 별도 뜨지 않은 까만 밤이라 몇 발자국 앞도 제대로 보이지 않았습니다. 거기다 길이 울퉁불퉁해서 걷기가 여간 힘든 게 아니었습니다. 남자는 발을 헛디뎌 그만 넘어질 뻔했습니다.

"아이고, 웬 길이 이리 험하누."

남자는 투덜대며 더
듬더듬 길옆의 나뭇가
지를 붙잡고 간신히 걸
어갔습니다. 한참을 걷
다 보니 저 앞에서 등불
을 든 남자가 조심조심 걸
어오고 있는 것이 보였습니다.
그 남자가 들고 오는 등불이 희미하게
길을 비추고 있어, 아까보다 걷기가 훨씬 쉬웠습
니다.

두 사람은 길 중간쯤에서 마주쳤습니다. 등불을
들고 오던 남자가 먼저 말을 걸었습니다.

"뉘신데 이렇게 어두운 밤에 혼자 길을 걷고 있
습니까?"

"전 고개 너머 마을에 사는 친구 집에 가는 길입

니다. 그런데 당신은 이 밤중에 어딜 가는 겁니까?"

"나는 그 마을에 사는 장님이요. 내 아우가 올
때가 돼서 마중을 나온 거랍니다."

남자는 기가 막혀서 헛웃음을 웃으며 장님에게
물었습니다.

"여보시오, 당신은 장님이라면서 등불은 왜 들
고 다닙니까? 어차피 안 보일 텐데."

"이 등불은 내가 앞을 보기 위해 들고나온 게 아
닙니다."

남자는 장님의 말을 듣고 몹시 의아해하며, 다
시 물었습니다.

"그럼 쓸데없이 등불은 왜
들고 다닌단 말입니까?
그냥 걷기도 힘든
데, 참 할 일

도 없나 봅니다."

　장님은 남자의 말을 듣고 등불을 높이 들었습니
다. 장님이 든 등불의 불빛이 사방으로 퍼져 나갔
습니다.

　"이 등불은 나를 위한 것이 아닙니다. 내가 이렇
게 등불을 들고 다니지 않으면 내가 장님인 줄 모
르고 사람들이 나와 부딪힐 수도 있지 않겠습니
까? 그런데 내가 등불을 들고 다니면 다른 사람들
이 잘 보일 테니 그럴 염려가 없단 말이지요."

　남자는 장님의 깊은 생각에 감탄했습니다. 그래
서 자신도 모르게 장님의 손을 덥석 잡고 인사했
습니다.

　"당신 등불 덕분에 이 험한 길을 훨씬 편하게 걸
어가게 되었습니다. 고맙습니다."

　"나도 당신을 만나 기뻤습니다. 어두운 길 조심

해서 가시오."

　장님은 남자가 고갯길을 넘어갈 때까지 등불을
높이 들고 비추어 주었습니다.

The Talmud

탈무드

## 진짜 엄마와 가짜 엄마

옛날 이스라엘에 솔로몬 왕이 있었습니다. 솔로몬 왕은 어찌나 지혜로운지 백성의 어려운 문제를 척척 해결해 주었습니다.

어느 날 두 여자가 갓난아기를 안고 솔로몬 왕을 찾아왔습니다. 한 여자가 눈물을 뚝뚝 흘리며 말했습니다.

"지혜롭고 지혜로운 왕이시여! 제 아기를 찾아 주세요. 여기 제 아기를 이 여자가 빼앗아 가려고 합니다."

그러자 같이 온 여자도 지지 않으려는 듯 큰 소리로 솔로몬 왕에게 말했습니다.

"아닙니다! 이 아기는 제 아기입니다. 저 여자의 말은 모두 거짓말입니다."

솔로몬 왕은 아무리 살펴봐도 도무지 누가 아기의 진짜 엄마인지 가려낼 수가 없었습니다. 이렇게 보면 이 엄마와 닮은 것 같고, 저렇게 보면 저 엄마와 닮은 것 같았기 때문입니다.

솔로몬 왕은 한참 동안 생각하다 두 여자를 보고 말했습니다.

"둘 다 진짜 엄마라고 하니 어쩔 수가 없구나. 그렇다면 옛날부터 내려오던 방법대로 판결을 하겠노라."

두 여자는 솔로몬 왕을 쳐다보며 어떤 방법일까 몹시 궁금해했습니다. 솔로몬 왕이 말했습니다.

"예부터 둘 다 내 물건이라고 우길 때는 하는 수 없이 물건을 반으로 쪼개어 공평하게 나누어 가지는 관습이 있었다. 그러니 이 아기도 그렇게 할 수밖에……."

솔로몬 왕은 신하에게 명령을 내렸습니다.

"저 아기를 반으로 잘라 두 여인에게 하나씩 나누어 주어라!"

그러자 한 여자의 얼굴이 갑자기 새파랗게 변했습니다. 그러나 다른 한 여자는 흡족한 얼굴로 왕에게 고개를 숙여 고맙다고 인사를 했습니다.

얼굴이 새파랗게 질린 여자가 왕의 앞에 나가 무릎을 꿇고 울면서 용서를 빌었습니다.

"왕이시여! 저 여자 아기가 맞습니다. 제발 아기를 살려 주십시오. 대신, 거짓말을 한 저를 죽여 주십시오!"

다른 여자는 그렇게 하는 여자를 보고 콧방귀를 뀌며 큰소리를 쳤습니다.

"흥, 진작 그럴 것이지."

솔로몬 왕은 아기를 살려 달라고 엎드려 비는 여자를 일으켜 세웠습니다. 그리고 다정하게 말했습니다.

"당신이 이 아기의 진짜 엄마요. 어서 아기를 데리고 가시오."

그러고는 솔로몬 왕은 신하에게 명령을 내렸습니다.

"여봐라! 남의 아기를 빼앗으려고 했으며, 왕인 나까지 속이려 한 이 여인을 감옥에 가두어라!"

솔로몬 왕은 아기를 꼭 안고 기뻐서 우는 진짜 엄마를 보고 흐뭇한 미소를 지었습니다.

The Talmud

탈무드

# 금화가 든 꿀단지

옛날 이스라엘의 시골 어느 마을에 한 부인이 있었습니다. 부인은 남편이 일찍 죽어서 큰 집에 혼자 살고 있었습니다. 어느 날 부인은 먼 곳에 사는 친척 집에 갈 일이 생겼습니다.

"이를 어쩌나. 오랫동안 집을 비워야 하는데 무거운 금화를 가지고 갈 수도 없고, 그렇다고 빈집에 두고 가면 도둑이 들까 봐 불안하고……."

걱정을 하던 부인이 좋은 생각이 떠올랐는지 싱글벙글하며 여러 개의 단지에 금화를 나누어 담았습니다. 그리고 단지 안에 꿀을 가득 부었습니다.

"음, 그런데 이 꿀단지를 누구에게 맡긴담?"

부인은 곰곰이 생각하다 죽은 남편과 가장 친했던 친구에게 꿀단지를 맡기고 길을 떠났습니다.

부인이 떠난 지 얼마 후 남편의 친구는 아들의 결혼식을 치르게 되었습니다. 그런데 준비해 두었던 꿀이 부족하자, 친구 부인이 맡겨 둔 꿀을 빌리기로 마음먹었습니다. 그는 단지 속에 가득 채워진 꿀을 덜다가 꿀단지 밑바닥에서 반짝이는 금화를 보았습니다.

"어, 이게 뭐람? 금화 아냐?"

그는 커다란 눈을 데굴데굴 굴리면서 좋아했습니다. 그리고 다른 단지의 꿀단지 안에도 금화가 있는지 확인했습니다.

"단지마다 금화가 들어 있군."

그는 단지 속에 들어 있는 금화를 몽땅 꺼내고 나서 덜어낸 꿀을 다시 단지에 부었습니다. 그리고 잔치에 쓸 꿀은 다른 곳에서 구해서 썼습니다.

부인은 일을 마치고 집에 돌아오자마자 남편의 친구 집에 가서 꿀단지를 찾아왔습니다. 그리고 꿀단지 안에 금화가 잘 있나 살펴보았습니다.

"에구머니나! 금화가 하나도 없네."

부인은 남편 친구에게 쫓아가서 따졌습니다.

"꿀단지 안에 있던 내 금화를 빨리 내놔요!"

"아니, 대체 무슨 생떼를 쓰는 거요? 당신이 내게 언제 금화를 맡긴 적 있소? 그동안 꿀단지를 잘 맡아 줘서 고맙다는 소리는 안 하고……."

그는 시치미를 딱 잡아뗐습니다.

부인은 너무나 억울해서 재판관을 찾아갔습니다. 그러나 단지 안에 금화를 넣는 걸 본 사람이 없다는 것 때문에 판결을 내리지 못했습니다. 부인은 어쩔 수 없이 궁궐 재판관을 찾아갔지만 그곳에서도 마찬가지였습니다.

부인은 어깨를 축 늘어뜨리고 울면서 집으로 돌아가고 있었습니다. 그때 그 모습을 본 양치기 소년이 다가와서 물었습니다.

"아주머니, 무슨 나쁜 일이 있으신가 봐요? 제가 도울 수 있는 일이라면 좀 도와드릴까요?"

"애야, 억울해서 마음이 너무 아프단다."

부인은 양치기 소년에게 남편 친구에게 금화를 빼앗긴 이야기를 해 주었습니다.

"아주머니, 제가 그 재판을 맡는다면 누가 옳은지 가려낼 수 있을 것 같습니다."

"정말 그렇게 할 수 있겠니? 그렇다면 내가 지금 당장 궁궐에 가서 허락을 받아 오마."

부인은 궁궐에 찾아가 사정 이야기를 했습니다. 그래서 양치기 소년이 재판관이 되는 걸 허락받았습니다. 양치기 소년은 곧바로 꿀단지를 맡아 두었던 남자를 재판소로 불렀습니다. 그리고 부인에게는 남자에게 돌려받은 단지를 하나도 빠뜨리지 말고 가지고 오라고 했습니다.

드디어 재판이 열리는 날이 되었습니다. 어린 양치기 소년이 재판을 맡았다는 소문이 퍼져 많은 사람들이 구경을 하러 모였습니다.

재판관이 된 양치기 소년은 그 남자에게 물었습니다.

"이 단지가 저 여인이 맡긴 게 맞습니까?"

"네, 틀림없이 그 단지들입니다."

양치기 소년은 남자의 말을 듣고 단지에 든 꿀
을 다른 단지로 모두 옮겨 담으라고 명령했습니
다. 사람들은 모두 고개를 갸웃거리며 수군대기
시작했습니다.

"저렇게 어린 재판관이 제대로 판결을 내릴 수
있겠어?"

"그러게 말이야."

꿀을 모두 옮겨 담자, 양치기 소년은 빈 꿀단지
를 하나하나 깨뜨렸습니다. 그 모습에 사람들은
조금 전보다 더 크게 수군댔습니다.

"아유, 아까워라. 내가 그럴 줄 알았지. 조사는
안 하고 단지만 깨면 어쩌겠다는 거야."

양치기 소년은 깨진 단지 조각들을 꼼꼼하게 살

펴보다가 깨진 조각에 붙은 금화 두 개를 찾아냈습니다. 부인의 말처럼 꿀단지 안에 금화가 있었다는 것이 증명된 것입니다. 양치기 소년은 많은 사람들이 보는 앞에서 그 남자를 크게 꾸짖었습니다.

"당신이 훔친 금화를 이 부인에게 당장 돌려주

지 않으면 도적질을 한 대가로 십 년 동안 감옥에 가두어 두겠소!"

모여 있던 사람들이 양치기 소년의 판결을 보고 박수를 치며 칭찬했습니다.

"나이도 어린 재판관이 어쩌면 저렇게 지혜로울까? 지금껏 본 재판 중에 가장 훌륭한 재판이었어."

재판 소식은 금방 온 나라에 퍼졌고 백성들은 양치기 소년의 지혜에 감탄했습니다. 그날 재판을 맡은 양치기 소년은 훗날 이스라엘의 지혜로운 왕이 된 다윗이었습니다.

The Talmud

탈무드

# 어리석은 뱀의 꼬리

숲속에 몸이 아주 긴 뱀이 살고 있었습니다. 뱀이 어디를 가나 항상 머리가 앞장서 가고, 꼬리는 가기 싫어도 억지로 머리를 따라다녀야 했습니다. 그러던 어느 날 꼬리가 머리에게 불만을 터뜨렸습니다.

"너는 왜 날마다 내 생각은 물어보지도 않고 네

멋대로 다니니? 나도 너처럼 내 맘대로 해 보고 싶단 말이야. 나도 뱀의 한 부분인데 너무 불공평하잖아?"

머리는 꼬리의 말에 어이없어하며 핀잔을 주었습니다.

"네 꼴을 한번 봐. 너는 눈도 없고, 코도 없고, 귀도 없는데 어떻게 이것저것 살피면서 다닐 거야? 세상이 얼마나 위험한지 알기나 하니?"

꼬리는 화를 버럭 냈습니다.

"해 보지도 않고 어떻게 알아? 나도 잘할 수 있다고!"

"그럼 한번 해 봐. 하다가 못 한다고 물리기 없기다."

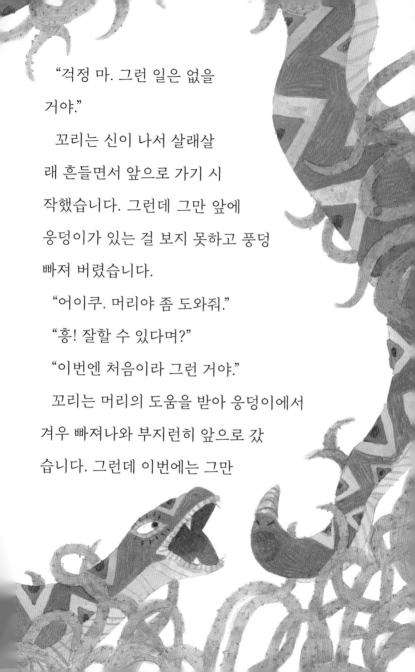

"걱정 마. 그런 일은 없을 거야."

꼬리는 신이 나서 살래살래 흔들면서 앞으로 가기 시작했습니다. 그런데 그만 앞에 웅덩이가 있는 걸 보지 못하고 풍덩 빠져 버렸습니다.

"어이쿠. 머리야 좀 도와줘."

"흥! 잘할 수 있다며?"

"이번엔 처음이라 그런 거야."

꼬리는 머리의 도움을 받아 웅덩이에서 겨우 빠져나와 부지런히 앞으로 갔습니다. 그런데 이번에는 그만 가시덤불 속으로 들어가고 말았습니다.

눈이 없는 꼬리는 어쩔 수 없이 계속 가시덤불 속으로 더 깊게 들어갔습니다.

"앗, 따가워! 너 자꾸 이럴래?"

머리가 꽥 소리를 질렀습니다. 꼬리는 가시덤불에서 나오려고 버둥거렸지만 그럴수록 가시가 몸을 찔러 더 아프기만 했습니다.

이번에도 머리가 여기저기 살피면서 조심스럽게 빠져나왔습니다. 온몸이 상처투성이가 된 뱀의 머리가 소리를 질렀습니다.

"야! 아파 죽겠잖아! 너, 똑바로 못 해?"

"나도 너처럼 날마다 맘대로 다녔다면 너보다 잘할 수 있었을 거야. 그러니까 조금만 참고 나를 믿어 봐!"

꼬리는 큰소리를 탕탕 쳤습니다. 그리고 머리에

게 보란 듯이 제멋대로 앞으로 나아갔습니다. 그런데 이번에는 불길 속으로 들어가고 말았습니다.

"으악, 뜨거워! 뱀 살려요!"

머리는 정신이 번쩍 나서는 꼬리를 확 밀쳐 내고 불 속에서 빠져나오려고 버둥거렸습니다. 그러나 아무리 발버둥 쳐도 소용이 없었습니다. 불길은 점점 활활 타올라 뱀의 온몸을 태웠습니다.

꼬리는 자신의 어리석음 때문에 자기뿐만 아니라 머리까지 불에 타 죽게 만들고 말았습니다.

The Talmud

탈무드

# 기적

옛날 이스라엘의 어느 마을에 사는 유명한 랍비가 자기 집 이 층에서 제자들에게 공부를 가르치고 있었습니다. 그때 미친 사람이 낫을 들고 그의 방에 뛰어 들어와 랍비의 멱살을 잡고 말했습니다.

"당신이 요즘 잘난 척을 많이 한다며?"

랍비는 어리둥절한 얼굴로 그 사람을 바라보았습니다. 그러자 그 사람이 다시 말했습니다.

"사람들이 말하더군. 당신이 일으키는 기적이 우리나라에서 최고라고."

랍비는 그 사람의 손을 뿌리치고 조용하게 말했습니다.

"뭔가 잘못 알고 온 것 같군요. 나 같은 평범한 사람이 어찌 기적을 행할 수 있겠소?"

미친 사람은 랍비의 말은 듣지도 않고 소리를 질렀습니다.

"시치미 떼지 말고 빨리 기적을 보여 줘! 내가 보는 앞에서 창문으로 뛰어내려 보란 말이야. 못하면 내가 가만두지 않겠어!"

랍비는 기가 막혀서 아무 말도 못 했습니다.

"얼른 나비처럼 날아서 뛰어내려!"

미친 사람은 낫을 랍비의 목에 대고 윽박질렀습니다. 제자들은 무서워서 벌벌 떨고 있었습니다. 그때 랍비가 침착하게 말했습니다.

"여보시오, 이 층에서 아래로 뛰어내리는 건 아무나 할 수 있는 일이오. 그까짓 걸 가지고 무슨 기적이라고 할 수 있겠소?"

"그럼 그렇게 쉬운데 왜 꾸물거리고 있는 거야?"

소리를 지르고 떼를 쓰는 그 사람에게 랍비가 물었습니다.

"정말 내가 행하는 기적을 보고 싶소?"

"그렇다니까! 몇 번을 말해야 알아들어?"

랍비는 헛기침을 하고 나서 말했습니다.

"흠흠, 그러면 내가 마당으로 내려가 당신이 있는 이 층으로 날아올라 보이겠소. 당신은 여기서 기다리시오."

그 사람은 입을 크게 벌리고 웃었습니다.

"하하. 그렇지, 그 정도는 해야 기적이라고 할 수 있지. 암."

"자, 그럼 나는 기적을 보이기 위해 내려가겠습니다."

"좋아, 빨리 내려가서 보여 줘 봐."

랍비는 제자들에게 따라오라고 손짓을 하고 마당으로 내려갔습니다. 그리고 무사히 제자들과 함께 그 미친 사람에게서 벗어날 수 있었습니다.

그 사람은 랍비의 기적을 보기 위해 언제까지나 이 층 창가에 서 있었지만 랍비의 기적은 보지 못했습니다. 랍비는 이미 제자들과 함께 그 집을 빠져나갔기 때문입니다.

The Talmud

탈무드

# 사자와 두루미

아주 먼 옛날, 용맹한 사자가 있었습니다. 어느 날 사자는 먹이를 먹다가 그만 목에 뼈가 걸리고 말았습니다. 사자는 캑캑거리며 뼈를 뱉으려고 했지만 아무 소용이 없었습니다.

사자는 한나절을 그렇게 뼈를 뱉으려고 애를 쓰다 그만 지치고 목이 아파, 창피한 줄도 모르고 큰

소리로 울부짖었습니다. 마침 하늘을 날아가던 두루미가 사자가 엉엉 우는 모습을 보고 사자가 있는 곳으로 내려왔습니다.

"아니, 저 큰 사자가 왜 어린아이처럼 우는 거야?"

두루미는 사자 주변을 뱅뱅 돌며 살펴보았습니다. 사자가 그런 두루미를 올려다보며 도와달라는 눈빛을 보냈습니다. 두루미가 사자에게 물었습니다.

"사자 님, 무슨 일로 그러세요?"

사자는 눈물이 그렁그렁한 눈으로 머리 위를 도는 두루미를 보고 말했습니다.

"목에 뼈가 걸렸는데 도무지 빠지질 않는구

나. 이 뼈를 빼 주는 자가 있으면 큰 상을 내릴 텐데……."

두루미는 사자 곁으로 다가와 말했습니다.

"어머, 그러세요? 그럼 제가 빼 드릴까요?"

"그렇게만 해 준다면 내가 큰 상을 내리고말고. 흠흠."

두루미는 사자의 입을 크게 벌리게 한 뒤에 긴 부리를 사자의 입에 넣어서 목에 걸린 뼈를 빼냈습니다.

두루미가 사자에게 물었습니다.

"자, 어떠세요? 이제 시원하시죠?"

"아, 정말

시원하구나."

사자는 입을 크게 벌렸다 오므렸다 하면서 좋아했습니다. 그러고는 그대로 돌아서서 느긋하게 걸어갔습니다. 두루미가 사자를 큰 소리로 불렀습니다.

"사자 님, 사자 님!"

두루미가 아무리 불러도 사자는 대답도 없이 묵묵히 걸어갔습니다. 두루미는 사자 앞으로 날아가서 날개를 쫙 펴고 길을 막아섰습니다.

"사자 님, 사자 님! 제게 큰 상을 주신다고 하고 그냥 가시면 어떡해요?"

두루미가 두 눈을 동그랗게 뜨고 따지자, 사자가 화를 벌컥 내며 말했습니다.

"야, 이놈아! 내 입안에 머리를 디밀었다 털끝 하나 안 다치고 뺀 놈은 너밖에 없어. 흥."

사자는 콧방귀를 뀌고는 유유히 자기 갈 길을 가며 중얼거렸습니다.

"저런 겁 없는 놈, 죽을 수도 있었는데 살았으면 됐지. 도대체 고마워할 줄을 모른다니까. 쯧쯧."

두루미는 기가 막혀서 중얼댔습니다.

"상을 받기는커녕 아까운 목숨만 잃을 뻔했네. 처음부터 사자를 믿은 내가 바보지, 뭐."

두루미는 날개를 바르르 떨더니 하늘을 향해 날아갔습니다.

The Talmud

탈무드

# 수다쟁이 부인

어느 마을에 수다쟁이 부인이 살고 있었습니다. 그 부인은 이웃 사람들에 대한 말을 거짓으로 만들어서 소문을 퍼트리곤 하였습니다. 사실이 아닌 이야기를 이 사람 저 사람에게 전해서 서로 싸움을 붙이기도 했습니다. 그래서 이웃 사람들은 그 부인 때문에 무척 힘들어했습니다.

어느 날 참다못한 마을 사람들이 랍비에게 상의를 했습니다.

"랍비님, 그 여자 때문에 마을 사람들이 너무나 힘이 듭니다. 랍비님께서 그 여자의 못된 버릇을 고쳐 주십시오."

랍비는 사람들을 돌려보내고 수다쟁이 부인을 불렀습니다.

"당신이 말을 꾸며서 퍼뜨리는 바람에 이웃 사람들이 힘들어하고 있다는 걸 아시오?"

"어머! 말도 안 돼요. 저는 재미있으라고 그런 것뿐이에요."

수다쟁이 부인은 자신의 잘못을 뉘우치기는커녕 오히려 사람들이 재미도 없고, 농담을 할 줄도 모른다며 투덜댔습니다. 그러자 랍비는 부인에게 커다란 자루를 하나 내주었습니다.

"랍비님, 이게 뭐예요?"

"집으로 가다가 이 자루 속에 있는 것을 길바닥에 늘어놓으시오. 그리고 다시 주워 담아 오시오."

부인은 눈을 동그랗게 뜨고 랍비에게 따졌습니다.

"아니, 쓸데없이 그런 짓을 왜 해야 하죠?"

"당신이 늘어놓은 걸 다 주워 오면 그대에게 큰 상을 주겠소."

"흠, 뭐 그렇다면 몰라도."

수다쟁이 부인이 자루를 들고 밖으로 나와 열어 보았습니다. 자루 안에는 새의 깃털이 가득 들어 있었습니다.

"쳇, 대체 이까짓 깃털을 왜 뿌리라는 거야? 랍비님이 나이가 드시더니 이상해지셨어. 그래도 상을 준다니까 해 봐야지. 호호."

부인은 깃털을 꺼내 길바닥에 하나씩 늘어놓으면서 집으로 돌아갔습니다. 집에 거의 도착했을 때 자루가 텅 빈 것을 확인하고 이제 다시 돌아가려고 발길을 돌렸습니다. 그런데 그 순간 큰바람이 불었습니다. 부인은 바람에 흐트러진 머리카락을 가다듬고 나서 허리를 굽혀 길바닥을 내려다 보았습니다.

"어머, 이를 어째! 깃털이 바람에 다 날아가 버렸네."

수다쟁이 부인은 겨우 깃털 몇 개를 주워서 랍비에게 돌아왔습니다.

"부인, 깃털을 다 주워 왔소?"

부인은 힘없이 대답했습니다.

"아니요. 바람이 불어서 다 날아가고 몇 개만 주워 왔어요."

랍비는 기다렸다는 듯이 빙그레 웃으며 말했습니다.

"부인, 말도 깃털과 같소. 한번 말을 입 밖으로 내뱉으면, 도로 주워 담기가 어렵다오. 그러니 앞으로 입을 조심해야 하오."

수다쟁이 부인은 그날 이후로 말을 함부로 하지 않게 되었습니다. 그래서 마을 사람들도 더 이상 그 부인을 수다쟁이라고 부르지 않았습니다.

The Talmud

탈무드

# 현명한 아버지

예루살렘에서 멀리 떨어진 어느 시골에 부유한 유대인이 살고 있었습니다. 그는 아들을 예루살렘에 있는 학교로 보냈습니다.

아들이 학교에 다니는 동안 그 유대인은 병에 걸렸고, 나날이 병이 더 깊어졌습니다. 그는 자기가 곧 죽을 때가 되었다는 것을 알고 아들에게 유서를 썼습니다.

내 재산을 전부 노예에게 물려주겠다. 내 아
들은 그 재산 중에서 원하는 것 딱 하나만 선
택해 물려받을 수 있다.

마침내 그 유대인은 죽었습니다.
유서를 본 노예는 갑자기
찾아온 행운에 기뻐서 어쩔
줄 몰라 했습니다. 노예는
서둘러 예루살렘에 있는
유대인의 아들에게 가서
유서를 전했습니다. 아들은
유서를 펼쳐 보고 얼굴이
하얗게 변했습니다.

"나를 끔찍이 사랑하셨던 아버님께서 어찌 이런 유서를 남기셨을까. 정말 못 믿겠어!"

아들은 너무나 슬퍼서 엉엉 울었습니다.

아들은 아버지 장례를 치른 후 곰곰이 생각해 보았지만 아버지가 왜 그런 결정을 내렸는지 알 수가 없었습니다. 그래서 그 마을의 현명한 랍비를 찾아가서 물었습니다.

"아버지께서 그런 결정을 하시다니, 도무지 알 수가 없습니다. 제가 아버지를 섭섭하게 해 드린 일도 없는데 말입니다."

가만히 듣고 있던 랍비가 말했습니다.

"그대의 아버지는 평소에 무척 현명한 분이셨네. 무엇보다 아들을 깊이 사랑하셨지. 유서가 그걸 말해 주고 있지 않은가?"

"저에게는 한 푼도 안 주고 노예에게 재산을 준

아버지가 어째서 현명하다는 건가요?"

아들이 화가 나서 목소리를 높이며 랍비에게 물었습니다.

"그대의 아버지는 자신이 죽은 뒤의 일을 걱정해서 그렇게 한 거라네. 노예가 아버지 죽음을 그대에게 알리지 않고 재산을 몽땅 가지고 도망친다거나, 재산을 없애 버릴까 봐 걱정이 된 거지. 그래서 모든 재산을 노예에게 물려준다고 한 거네."

그래도 아들은 랍비의 말이 이해되지 않는 듯 눈만 껌뻑였습니다. 랍비가 다시 말했습니다.

   "노예에게 전 재산을 준다니까, 노예가 기뻐서 한달음에 그대에게 가서 아버지의 죽음을 알렸고, 아버지의 재산도 잘 간직하고 있지 않았나?"

   아들이 퉁명스럽게 말했습니다.

   "하지만 그게 다 무슨 소용입니까? 저에게는 한 푼의 재산도 없는걸요."

   "이런, 그렇게 말을 해 줘도 못 알아듣는군. 노

예의 모든 재산은 주인의 것이라는 걸 모르나? 아버지는 그대에게 원하는 것을 딱 하나만 선택하라고 하셨네. 이 얼마나 현명한 생각인가?”

랍비의 말을 듣고 아들은 아버지의 유서에 담긴 진짜 의미를 알게 되었습니다. 아들은 기뻐서 벌떡 일어나며 말했습니다.

“아, 그럼 저는 노예를 선택하면 되겠군요! 그럼 그 재산 모두 제 것이 되고요! 랍비님, 정말 감사합니다.”

아들은 얼른 집에 돌아와서 노예를 선택했습니다. 그리고 노예가 물려받은 재산을 도로 찾았습니다.

아들은 재산을 잘 지켜 준 노예에게 재산을 나누어 주고, 자유롭게 떠나도록 해 주었습니다.

The Talmud

탈무드

# 친구에게 빌린 지혜

로마의 황제는 이스라엘에서 가장 훌륭한 랍비와 친한 친구였습니다. 두 사람은 나이와 생일이 똑같았을 뿐만 아니라, 서로를 신뢰하는 마음도 똑같이 컸습니다. 두 나라의 사이가 나빠졌을 때에도 그들의 우정은 변하지 않았습니다. 그러나 황제는 두 나라 관계 때문에 백성들의 눈치를 봐

야만 했습니다. 그래서 랍비와 만나고 싶어도 쉽
게 만날 수가 없었습니다.

황제는 친구인 랍비의 의견을
듣고 싶을 때는 믿을 만한
신하를 시켜서 랍비에게
몰래 편지를 보내곤
했습니다.

어느 날, 황제는
랍비에게 편지를 보냈습니다.

친구여, 나에게는 두 가지 소원이 있소.
하나는 내 아들이 황제가 되는 것이고, 다른
하나는 이스라엘에 있는 티베리아스 시를 자
유 무역 도시로 만드는 것이라오.
그런데 문제는 양쪽 모두 반대하는 대신들이

많아서 두 가지 일을 모두 이루기가 어려울 것 같소. 그러나 나는 둘 중 어느 하나라도 포기하고 싶지 않소.

어찌하면 좋을지 그대의 지혜를 빌려주기 바라오.

황제의 편지를 받은 랍비도 로마와 이스라엘이 사이가 나쁠 때여서 황제의 질문에 직접적으로 답을 하기가 곤란하였습니다. 만약 이스라엘의 랍비가 로마 황제를 도왔다는 사실이 알려지면, 랍비는 이스라엘 백성들에게 미움을 받고 쫓겨날 수도 있기 때문입니다. 랍비는 아무 말 없이 신하를 돌려보냈습니다.

황제가 랍비에게 다녀온 신하에게 물었습니다.

"랍비께서 답장을 주셨느냐?"

"랍비께서는 답장을 주시지 않았습니다."

황제는 한참을 생각하더니 신하에게 다시 물었습니다.

"그러면 랍비께서 무슨 말씀이나 행동을 하시지 않더냐?"

잠시 생각하던 신하가 말했습니다.

"아하! 이제 생각났습니다. 랍비께서 아들을 목마 태우시더니 아들에게 비둘기를 넘겨주었습니다. 그런데 그만 아들이 그 비둘기를 놓치는 바람에 하늘로 날려 보내 버렸습니다. 그런데 랍비께서는 화를 내기는커녕 빙그레 웃으셨습니다."

신하의 대답을 듣고 황제의 얼굴이 환하게 밝아
졌습니다.

"아들에게 왕위를 먼저 물려주고 나서, 아들로
하여금 티베리아스 시를 자유 무역 도시로 만들
도록 하는 게 좋겠다는 뜻이구나."

얼마 후, 황제는 또다시 랍비에게 편지를 보냈
습니다.

친구여, 지금 일부 대신들이 나를 괴롭히고
있다오. 이들을 없애려면 어찌하는 게 좋겠
소?

이번에도 신하는 답장을 가져오지 않았습니다.
대신, 그 편지를 받고 한 랍비의 행동을 전했습니
다.

"랍비께서는 편지를 읽으시더니 채소밭에 나가서 배추 한 포기를 뽑아 들어오셨습니다. 그리고 잠시 후에 다시 나가서 또 한 포기를 뽑아 들어오셨습니다. 그러기를 몇 차례 되풀이하셨습니다."

황제는 미소를 지으며 고개를 끄떡였습니다.

"적을 한꺼번에 물리치지 말고 여러 번 나누어서 하나씩 없애는 것이 좋겠다는 뜻이야. 역시 이번에도 친구가 나에게 지혜를 빌려줬군."

황제는 그 후에도 어려운 일이 생길 때마다 랍비에게 물어서 해결했습니다. 그래서 백성들이 편안하고 잘사는 나라를 오래도록 다스릴 수 있었습니다.

The Talmud

탈무드

## 장님과 절름발이

옛날 왕이 사는 궁궐에 맛있는 과일나무 한 그루가 있었습니다. 왕은 그 과일을 매우 귀하게 여겼습니다.

"이 귀하고 맛있는 것을 누군가 몰래 따 먹게 할수는 없지."

왕은 두 사람을 뽑아 과일나무를 지키게 하였습

니다. 한 사람은 앞을 보지 못하는 장님이었고, 또 한 사람은 한쪽 다리를 잘 못 쓰는 절름발이였습니다.

두 사람은 나무를 열심히 지켰습니다. 그런데 나무에서 나는 달큼한 냄새 때문에 과일을 먹고 싶은 마음이 커져만 갔습니다.

"우리 이 과일을 딱 한 개만 따 먹어 볼까?"

절름발이가 장님에게 말했습니다.

"예끼, 이 사람아. 자네는 절름발이고 나는 장님인데 무슨 수로 저 나무에 올라가서 과일을 따겠나?"

장님은 고개를 설레설레 흔들며 못 한다고 했습니다.

"자네가 목마를 태워 주면 내가 따겠네."

절름발이의 말에 장님도 군침을 꼴깍 삼키며 재

촉을 했습니다.

"좋아, 어서 내 어깨에 올라타서 따게나."

장님은 절름발이를 목마에 태워 나무 주위를 천천히 돌았습니다. 그러는 동안 절름발이는 손을 뻗어 과일을 잔뜩 땄습니다. 그리고 두 사람은 나무 밑에 앉아 맛있게 먹었습니다.

어느 날 왕이 산책을 하다가 과일이 줄어든 것을 보고 두 사람을 불러 화를 냈습니다.

"너희들이 저 과일을 따 먹지 않았느냐? 바른대로 말하지 않으면 벌을 내릴 것이다!"

장님은 왕에게 당당하게 말했습니다.

"앞을 못 보는 제가 어떻게 저 높이 달린 과일을 따 먹을 수 있겠습니까? 저는 정말이지 억울합니다."

절름발이도 질세라 왕에게 말했습니다.

"저도 절대 아닙니다. 성치 않은 다리로 무슨 수로 저 높은 나무 위로 올라가서 과일을 따겠습니까?"

"음, 그렇긴 하지. 그러나 나무를 제대로 지키지 못했으니 벌을 받아야 하지 않겠느냐?"

장님과 절름발이는 고개를 조아리고 용서를 빌었습니다.

"부디 용서해 주십시오. 한 사람은 장님이다 보니 누가 몰래 따 가는 것을 잘 볼 수 없고, 또 하나는 본다고 해도 절름발이다 보니 쫓아가서 잡을 수 없지 않습니까?"

왕은 아무래도 두 사람이 수상했지만 확실한 증거가 없으니 벌을 줄 수가 없었습니다. 그저 맡은 일을 제대로 못 했다고 나무라고 용서할 수밖에 없었지요.

The Talmud

탈무드

## 아낌없이 주는 사랑

옛날 어느 나라의 왕에게는 사랑스럽고 예쁜 외동딸이 있었습니다. 그런데 어느 날 그 공주가 무서운 병에 걸리고 말았습니다. 왕은 사랑하는 딸이 앓아눕자 전국의 유명한 의사들을 모두 불러들여 공주의 병을 낫게 하라고 명령을 내렸습니다. 그러나 의사들이 아무리 좋은 약을 써도 공주의 병은 도무지 낫지를 않았습니다.

왕은 하는 수 없이 공주의 병을 낫게 하는 사람을 사위로 삼겠다는 글을 써서 궁궐 문에 붙였습니다.

그때 궁궐에서 멀리 떨어진 마을에 세 형제가 살고 있었습니다. 세 형제는 각각 귀중한 보물을 하나씩 갖고 있었습니다.

첫째는 아주 먼 곳이라도 훤히 볼 수 있는 요술 망원경을 가지고 있었고, 둘째는 아무리 먼 곳이라도 순식간에 날아갈 수 있는 요술 양탄자를, 막내는 먹기만 하면 무슨 병이라도 고칠 수 있는 요술 사과를 가지고 있었습니다.

세 형제는 언제나 서로 자기가 가진 보물이 더 좋다고 자랑했습니다. 그러던 어느 날, 첫째가 망원경으로 세상을 둘러보다 문득 궁궐 문에 붙은

포고문을 보고 크게 소리쳤습니다.

"공주님이 무서운 병에 걸렸대!"

"그럼 우리가 가서 고쳐 줘야겠네."

세 형제는 둘째의 요술 양탄자를 타고 눈 깜짝할 사이에 궁궐로 날아갔습니다. 궁궐에 도착한 막내는 자신의 보물인 요술 사과를 공주에게 먹였습니다. 사과를 먹고 난 공주는 씻은 듯이 나았습니다.

왕은 매우 기뻐하면서 큰 잔치를 열고 세 형제에게 맛있는 음식을 대접했습니다.

"정말 고마운 젊은이들이로구나. 그런데 큰일이군. 공주를 셋 중에 누구와 결혼시켜야 하나?"

왕은 이마에 손을 대고 고민했습니다. 그때 첫째가 왕께 머리를 조아리고 말했습니다.

"만약 제 망원경이 없었다면 저희는 공주님이

병에 걸린 것을 몰랐을 겁니다."

둘째도 얼른 엎드려 절을 하며 말했습니다.

"아무리 형이 그 글을 보았더라도 제 양탄자가 없었다면 이렇게 빨리 궁궐에 올 수 없었을 겁니다."

막내도 당당하게 말했습니다.

"부디 제 말씀 좀 들어 보십시오. 형들 덕에 궁궐까지 왔다고 해도 제 사과가 없었다면 공주님 병을 어떻게 고칠 수 있었겠습니까?"

세 형제는 서로 자기가 가지고 있는 보물 덕분에 공주의 병이 나았다고 말했습니다.

왕은 세 형제의 말을 다 듣고 나서 말했습니다.

"공주를 막내와 결혼시키겠다."

첫째와 둘째는 말도 안 된다며, 어째서 그래야 하느냐고 왕에게 따졌습니다. 그러자 왕이 말했습니다.

"너희들 모두가 공주의 병을 낫게 하는 데 도움을 주었다. 그러나 첫째와 둘째는 자신의 보물을 그대로 가지고 있지만, 막내의 보물은 공주가 먹어 없어졌지 않았느냐?"

첫째와 둘째는 왕의 말을 듣고 할 말이 없어 그저 푹 고개를 숙였습니다.

"귀중한 보물을 아낌없이 준 막내는 공주와 결혼해서 행복하게 살기 바란다."

왕은 공주와 막내의 손을 꼭 잡고 흐뭇한 얼굴로 둘을 바라보았습니다.

The Talmud

탈무드

# 솔로몬 왕과 여왕개미

어느 날 솔로몬 왕이 비단으로 짠 아주 값진 양탄자를 신에게 선물 받았습니다. 이 양탄자를 타면 하늘을 날아 어디라도 마음대로 갈 수가 있었습니다.

솔로몬 왕은 이 양탄자 덕분에 아침 식사는 궁궐에서 하고, 저녁 식사는 멀리 떨어져 있는 메디

아라는 도시에서 했을 정도로 신나게 양탄자를 타고 온 나라를 날아다녔습니다.

어느 날 솔로몬 왕이 양탄자를 타고 하늘을 날다가 땅에서 개미들이 하는 이야기를 들었습니다.

여왕개미가 부하들을 향해 명령했습니다.

"위에 솔로몬 왕이 날고 있으니 모두들 굴로 들어가 숨어라!"

여왕개미의 명령이 떨어지자마자 개미들은 줄지어 개미굴로 들어갔습니다. 여왕개미는 다시 한 번 명령했습니다.

"내가 나오라고 할 때까지 꼼짝하지 말고 안에서 기다려라!"

그 소리를 들은 솔로몬 왕은 은근히 화가 났습니다.

"나처럼 인자한 왕을 보고 피하라고? 저런 괘씸한 여왕개미를 보았나."

솔로몬 왕은 하늘에서 내려와 여왕개미를 잡고 다그쳤습니다.

"그대는 무엇 때문에 나를 피해 숨으라고 명령을 했는가?"

여왕개미는 공손하게 머리를 조아리고 대답했습니다.

"그것은 당신이 스스로를 세상에서 제일 위대하다고 생각하고 있기 때문입니다. 그건 세상에서 가장 무섭고 위험한 착각이니까요."

솔로몬 왕은 코웃음을 치며 말했습니다.

"내가 세상에서 제일 위대하다는 것은 사실이지 않느냐?"

여왕개미는 다시 고개를 숙이며 대답했습니다.

"당연히 왕께서는 위대하십니다. 그러나 세상에는 왕께서 알지 못하는 더 위대한 자도 있을 수 있습니다."

"뭐라고? 그게 누구냐?"

여왕개미는 날개를 곧게 펴고 대답했습니다.

"저만 해도 왕보다 더 높이 날 수 있습니다."

솔로몬 왕은 자존심이 많이 상했습니다. 그래서 여왕개미를 보고 소리를 버럭 질렀습니다.

"뭐야? 그렇게 작은 몸으로 나보다 높이 날 수 있다고?"

여왕개미가 솔로몬 왕을 보고 미소를 지으며 말했습니다.

"그럼요, 못 믿으시겠다면 직접 보여 드리겠습니다."

솔로몬 왕은 가소롭다는 듯이 여왕개미를 내려

다보며 비웃었습니다.

"그래, 좋다. 만약 네가 나보다 더 높이 날지 못한다면 왕을 모독한 죄로 벌을 주겠노라."

솔로몬 왕은 하늘 높이 양탄자를 타고 올라갔습니다.

"어떠냐? 내가 이리도 높이 나는 게 보이느냐?"

솔로몬 왕이 어깨를 으쓱하며 말했습니다. 그때 여왕개미의 목소리가 가까이에서 들렸습니다.

"자, 보십시오. 제가 왕보다 더 높이 날지 않습니까?"

솔로몬 왕이 깜짝 놀라 주위를 보니 여왕개미가 솔로몬 왕의 머리 위에서 날고 있었습니다. 솔로몬 왕은 여왕개미를 올려다보며 자신의 어리석음을 알게 되었지요.

The Talmud

탈무드

# 더 중요한 것

옛날 이스라엘의 어느 학교 수업 시간이었습니다. 랍비가 제자들에게 물었습니다.

"2분의 1 더하기 2분의 1은 얼마인가?"

그 반에서 가장 공부를 잘하는 제자가 자신 있게 대답했습니다.

"선생님, 답은 2분의 1입니다."

제자의 말을 들은 랍비가 갸우뚱하며 물었습니다.

"2분의 1과 2분의 1을 더하면 어째서 2분의 1이 되는가? 반과 반을 더하면 얼마가 되는지 다시 한 번 계산해 보도록 해라."

랍비는 그 제자에게 다시 계산해 보도록 했습니다. 제자는 잠시 생각해 보더니 같은 대답을 했습니다.

"선생님, 아무리 생각해 봐도 2분의 1입니다."

"어째서 2분의 1이 되지?"

제자는 그렇게 쉬운 걸 왜 묻는지 모른다는 얼굴로 랍비를 쳐다보며 대답했습니다.

"위의 1과 1을 더하면 2가 되지요. 그리고 아래의 2와 2를 더하면 4가 되어, 4분의 2입니다. 결국 2분의 1이 되지 않습니까?"

"그렇구나. 그러면 내가 실제로 그런가 한 번 보여 줄까?"

제자는 호기심이 가득한 얼굴로 랍비를 바라보았습니다. 랍비는 빙그레 웃으며 준비해 둔 사과를 둘로 잘랐습니다. 제자는 당연한 걸 가지고 증명까지 하려는 랍비가 이해되지 않는 눈치였습니다.

랍비는 반으로 자른 사과를 양손에 들고 천천히 말했습니다.

"여기에 반 개의 사과와 반 개의 사과가 있다. 이것을 합치면 어떻게 되지?"

제자는 고개를 갸웃거리더니 한 개의 사과라고 조그만 목소리로 대답했습니다.

"사과의 경우는 한 개인데 어째서 계산은 2분의 1이지?"

랍비는 제자의 눈을 그윽이 내려다보며 물었습니다. 제자는 머리를 긁적이며 우물우물 대답했습니다.

  "실제로는 한 개가 맞지만 종이 위에서 이론적으로 증명하면 2분의 1이 맞는데요."

  랍비는 학생의 머리를 쓰다듬어주며 말했습니다.

"얘야, 네 말도 맞는 것 같구나. 그렇지만 우리에게는 이론보다 실제가 항상 소중한 것이란다."

제자는 한참을 생각하더니 랍비에게 물었습니다.

"선생님, 그럼 이 계산의 답은 어떻게 써야 맞는 건가요?"

랍비는 무릎을 꿇고 앉아 제자와 눈높이를 맞춘

다음에 대답했습니다.

"세상 모든 일에 이론은 여러 개 있을 수 있지만, 사실은 오직 하나뿐이란다."

그제야 제자는 고개를 끄떡이며 존경하는 눈빛으로 랍비를 바라보았습니다.

The Talmud

탈무드

## 부자와 가난뱅이

    옛날 어느 마을에 사람들에게 존경받는 랍비가 살았습니다. 랍비의 집에는 날마다 많은 사람들이 상담을 받기 위해 찾아와 기다렸습니다.

    어느 날 마을에서 제일 부자와 가난뱅이가 찾아왔습니다. 두 사람은 대기실에서 기다리면서 세상 돌아가는 이야기를 나누었습니다. 앞 사람의 상담이 끝나자, 조금 먼저 온 부자가 상담실로 들어가며 가난뱅이에게 말했습니다.

"하던 이야기는 상담이 끝나면 다시 하게나."

"네, 그러시지요."

상담실로 들어간 부자는 한 시간이 지나서야 나왔습니다.

"랍비께서 좋은 말씀을 많이 해 주신 모양입니다. 한 시간이나 걸렸네요."

가난뱅이가 부자를 부러워하자 부자는 어깨를 으쓱이며 거들먹거렸습니다.

"내가 이 지역에서는 남들이 부러워할 만큼 가진 게 많잖나."

"그렇긴 하지요."

가난뱅이는 어깨를 움츠리고 상담실로 들어갔습니다. 그런데 랍비는 가난뱅이와는 금방 상담을 끝내고 이제는 나가도 좋다고 말했습니다.

가난뱅이는 너무 속이 상해서 불평을 했습니다.

"선생님, 너무하십니다. 부자는 한 시간씩이나 상담을 해 주시면서, 저는 겨우 오 분밖에 상담을 해 주지 않으시는군요."

랍비는 가난뱅이의 어깨를 다독이며 말했습니다.

"그대는 본인 마음이 가난하다는 것을 금방 알더군. 그러나 앞에 온 부자는 자기 마음이 가난하다는 것을 알기까지 한 시간이나 걸렸지."

그제야 가난뱅이는 고개를 끄덕이더니 랍비에게 고맙다는 인사를 하고 나왔습니다.

가난뱅이가 금방 나오자 부자는 그럴 줄 알았다는 듯이 빈정거렸습니다.

"하긴, 바쁘신 랍비님이 자네 같은 사람한테 할

말이 그리 많으시겠나.”

가난뱅이는 웃으며 대답했습니다.

“오늘 랍비님께서는 제가 죽을 때까지 꺼내 써도 남을 만큼 많은 말씀을 해 주셨답니다.”

부자는 무슨 말인지 몰라 가난뱅이를 멍하게 바라보았습니다.

가난뱅이는 조금 전까지 잔뜩 움츠렸던 어깨를 반듯하게 펴고 앞서 나갔습니다.

The Talmud

탈무드

# 선택

　많은 사람을 태운 배 한 척이 바다 한가운데에서 큰바람과 비를 만났습니다. 배는 바람에 이리저리 떠밀리며 밤새도록 거친 비를 맞았습니다. 그렇게 며칠 동안 바다를 헤매다 어느 무인도에 닿았습니다. 다행히 숲이 우거지고, 예쁜 꽃도 많고, 새들이 아름다운 목소리로 노래하는 멋진 섬이었습니다. 또한 나무마다 먹음직스러운 과일도 달려 있었습니다.

사람들은 좋은 곳을 발견한 사실에 몹시 들떠 있었습니다. 시간이 지나면서 생각이 같은 사람들끼리 뭉치고, 생각이 다른 사람끼리는 갈라서면서, 배에 탄 사람들은 다섯 무리로 나뉘어 행동하게 되었습니다.

첫 번째 무리는 배에 그대로 남아 있기로 했습니다.

"우리가 섬에 내려가 있는 동안 바람에 배가 떠내려가면 어떡해. 우리는 이대로 배에 남아 있겠어."

걱정스러운 마음이 깊어 보였습니다.

두 번째 무리는 섬으로 올라가
맛있는 과일을 배불리 따 먹고
나무 그늘에 앉아 이야기를 나누
며 행복해 했습니다.

"참으로 아름다운 섬이군. 이런
섬에 와 본 건 정말 행운이야. 암, 그렇고말고."

그들은 그렇게 배불리 먹고 잠시 쉬다가 다시
배로 돌아왔습니다.


세 번째 무리는 섬의 아름다운 모습에 반해 버
렸습니다.

"여기서 그냥 눌러 살고
싶군. 먹을 것도 풍족하
지, 날씨도 좋지, 나무
도 많고 꽃도 많지,

뭐 하나 부족한 게 없는 곳이야."

그들은 과일을 배불리 따 먹고, 꽃향기도 흠뻑 맡으며 마음껏 즐겼습니다. 그러고 나서 한참 후에야 아쉬운 마음으로 서둘러 배에 탔습니다.


네 번째 무리는 섬에서 실컷 쉬고도 떠날 생각을 안 했습니다.

"이 정도 바람이 불어서는 배가 움직이지 않아. 좀 더 쉬다 가도 충분해."

그들은 이런 말을 하며 나무 그늘에 누워 낮잠을 자려고 했습니다. 그런데 때마침 바람이 불어 배가 움직이기 시작했습니다. 그들은 정신을 차리고 허겁지겁 바다에 뛰어들어 헤엄을 치고서야 겨우 배에 탈 수 있었습니다.

다섯 번째 무리는 섬의 아름다움과 풍족함에 빠져서 아예 배를 탈 생각도 하지 않았습니다.

"지금 이 정도면 살 만해. 바다에서 또 비와 바람을 만나는 건 정말이지 무섭단 말이야. 여기 있다 보면 어떻게 되겠지."

그들은 배를 타야만 목적지에 갈 수 있다는 걸

알면서도 배에 타지 않았습니다. 당장 배불리 먹을 수 있는 과일과 아름다운 섬에 흠뻑 빠져서 목적지에 가야 한다는 생각은 까마득히 잊어버리고 있었습니다.

배가 떠나고 얼마 후에 다섯 번째 무리는 그 섬에 사는 맹수에게 물려 모두 죽고 말았습니다.

The Talmud

탈무드

# 세 친구

옛날이야기를 좋아하는 아이가 할머니 무릎을 베고 누워서 이야기를 해 달라며 졸랐습니다.

"할머니, 옛날이야기 해 주세요."

"예끼, 이 녀석. 어젯밤에도 해 주었잖아."

"그래도요. 저는 할머니 이야기를 들어야 잠이 잘 온단 말이에요."

"알았다. 해 줄 테니 오늘 밤에도 해 달라고 조르면 안 된다."

할머니는 자신을 보며 헤 웃고 있는 손자의 머리카락을 쓸어 넘겨 주면서 이야기를 시작했습니다.

옛날에 어떤 사람에게 세 친구가 있었단다.

첫 번째 친구는 그 사람이 언제나 소중하게 여기는 친한 친구였지. 두 번째 친구는 친하게 지내기는 하지만, 그다지 소중하게 여기는 친구는 아니었어. 그리고 세 번째 친구는 친구라고 생각은 하지만, 그다지 친하게 지내지도 않고 소중하게 생각하지도 않는 사이였어.

어느 날 왕이 그 사람에게 궁궐로 들어오라는 명령을 내렸지 뭐냐. 그 사람은 왠지 왕을 만나러 가는 게 불안하고 겁이 났어.

"무슨 일로 왕께서 나를 부르실까? 혹시 나도 모르는 사이에 무슨 잘못을 한 걸까?"

그 사람은 혼자 궁궐에 가는 게 무서워서 가장 친한 첫 번째 친구를 찾아가 부탁을 했어.

"왕이 나를 부르시는데 혼자 가려니 용기가 나지 않아서 그러니, 나와 같이 가 주겠나."

부탁을 받은 첫 번째 친구는 펄쩍 뛰며 싫다고 말했어.

"아니, 왜 하필이면 나인가? 그런 부탁은 다시 하지 말게나."

"자네 말고 내게 다른 친한 친구가 어디 있나? 그러니 다시 한번 생각해 주게나."

친구는 쌀쌀맞게 대답했어.

"싫다는데 왜 자꾸 떼를 쓰는가? 나는 몹시 바쁘니 어서 돌아가게."

가장 친한 친구에게 거절당한 그 사람은 고개를 떨어뜨리고 힘없이 집으로 돌아갔단다.

그런데 아무리 생각해도 혼자서는 궁궐에 도저

히 못 가겠다는 거야. 그래서 이번에는 친하게 지
내지만 그렇게 소중하게 생각지는 않던 두 번째
친구를 찾아가서 똑같은 부탁을 했다는구나.

"그것참, 자네 사정은 알겠지만 나도 궁궐에 들어가기가 좀 무서워서⋯⋯. 그럼 내가 궁궐 문 앞까지 같이 가 줄 테니, 안에는 자네 혼자 들어가게나."

두 번째 친구는 그 남자의 손을 꼭 잡고 미안해서 어쩔 줄 몰라 하며 거절을 했어.

그 사람은 두 번이나 친구에게 거절당하자 너무나 슬펐단다. 그렇지만 언제까지나 슬퍼만하고 있을 시간이 없는 거야. 그래서 혹시나 하는 마음으로 그다지 친하지 않은 세 번째 친구를 찾아가서 부탁을 했지.

"궁궐에 왕을 뵈러 가야 하는데 혼자는 도저히 무서워서 못 가겠네. 자네가 함께 가 줄 수 있겠나?"

세 번째 친구는 그 사람의 손을 꼭 잡고 다정하

게 말했지.

"알겠네. 내가 본 자네는 결코 잘못을 해서 벌을 받을 사람이 아니니 뭐가 두렵겠나? 내가 함께 가서 왕께 잘 말씀드려 줄 테니 아무 걱정하지 말게."


"애야, 이 이야기가 무엇을 말하려고 하는지 알겠니?"

"할머니는 그것도 몰라요? 어떤 친구가 진짜 좋은 친구인지 말하려는 거잖아요."

"그래, 아주 똑똑하구나. 네 말도 맞는 말이지만, 그보다는 세 친구를 통해서 사람이 살아가는 데 무엇이 더 소중한가를 보여 주는 이야기란다."

손자는 할머니 말이 무슨 뜻인지 몰라 눈만 깜빡였습니다.

"첫 번째 친구는 '재산'을 말하는 거란다. 사람들은 살면서 재산을 모으려고 애쓰고 모인 재산을 소중히 여기지만, 죽은 다음에는 가져갈 수 없다는 뜻이야."

손자는 알겠다는 듯이 고개를 끄떡였습니다.

"두 번째 친구는 '친척'을 말한단다. 친척은 사람들이 사는 동안에는 친하게 지내지만, 그 사람이 죽고 나면 오래지 않아 잊게 된다는 뜻이야. 그리고 세 번째 친구는 '착한 일'을 말하는 거란다. 착한 일을 하는 사람은 살아 있을 때는 다른 사람들이 잘 모를 수 있지만, 그 사람이 죽고 나면 그 사람이 한 일이 사람들에게 오래오래 남고, 이름이 널리 알려진다는 뜻이란다."

손자는 더 크게 고개를 끄떡였습니다.

The Talmud

탈무드

# 재판에서 이긴 이유

어느 날 재판을 며칠 앞둔 한 남자가 변호사에게 물었습니다.

"변호사님, 재판하기 전에 판사님에게 튼실한 오리 한 마리를 선물하면 어떨까요? 선물을 받으면 저에게 좀 더 유리한 판결을 해 주시지 않을까요?"

그 말을 듣고 변호사는 펄쩍 뛰었습니다.

"절대 안 됩니다. 그분은 아주 공정하고 엄격한 분이라 오히려 화를 내시고 당신에게 불리한 판결을 내리실 겁니다."

"아, 알겠습니다."

그리고 며칠이 지나 재판하는 날이 돌아왔고, 그 남자가 재판에서 이겼습니다. 남자는 너무나 기뻐서 어쩔 줄 몰라 했습니다.

"이 기쁨은 변호사님 덕분입니다. 그때 변호사님께서 판사님이 선물 받는 걸 싫어하신다고 말쓸해 주셨기 때문에 제가 재판에서 이겼습니다."

"그게 무슨 말인가요?"

남자는 큰 소리로 웃으며 대답했습니다.

"그때 변호사님이 오리를 보내는 일에 반대하셨
지요? 그런데 제가 변호사님 모르게 판사님께 오
리를 보냈습니다. 그랬더니 판사님이 제 편을 들
어 주셨지 않습니까?"

변호사는 고개를 갸웃거리며 혼잣말로 중얼거렸습니다.

"그럴 리가 없을 텐데……. 그분은 공정한 분이라서 어떤 뇌물에도 마음이 흔들릴 분이 아니에요. 참 이상하네."

그러자 남자가 껄껄 웃으며 말했습니다.

"재판관님이 뇌물 주는 사람을 싫어한다고 해서 상대편 이름으로 오리를 보냈거든요."

"하하. 그런 줄도 모르고 존경하는 재판관님에게 실망을 할 뻔했습니다."

조금 전까지 어두웠던 변호사의 얼굴이 금방 환해졌습니다.

## 탈무드
(The Talmud, BC 500 ~ AD 500)

『탈무드』는 히브리어로 '배움'이라는 의미를 가진 유대교의 교리를 담은 책이며, 유대인의 생활 지침서입니다. 인간이 무엇을 지키며 살아야 하는지 분석하고 가르치는 성서이기도 한 『탈무드』는 오랜 세월 동안 유대인의 정신적 힘이 되어 왔습니다. 온 『탈무드』에는 종교 생활에 관한 것뿐 아니라 일상생활에 필요한 법률과 유대 민족의 생활양식이 적혀 있습니다. 그리고 오래전부터 내려오는 유대 민족의 재미있는 이야기까지, 유대인에게 필요한 많은 내용이 들어 있습니다. 유대인은 『탈무드』를 가르치는 선생님을 '랍비'라고 부르며 무척 존경했습니다. 살면서 어려운 일에 부딪치거나 쉽게 해결되지 않는 일이 생기면 랍비를 찾아가서 의논했고, 랍비는 그 사람에게 맞는 해결 방법을 알려 주었습니다. 탈무드는 유대교 랍비의 구전토라를 집대성하여 구성하였습니다. 탈무드의 전 권은 63권이며 6,200페이지가 넘는 방대한 양의 가르침이 들어 있습니다. 인간 사회의 종교, 도덕, 윤리, 철학, 지혜, 구전 등 그 장르와 종료를 헤아릴 수 없을 만큼 수많은 서사와 이야기 그리고 교훈적 가르침이 들어있는 『탈무드』는 유대인에게 가장 소중한 보물이며, 올바르게 살아가는 기준이 되기도 했습니다. 유대인뿐만 아니라 전 세계의 많은 독자들이 탈무드를 읽으며 '생각하는 방법'을 배워 왔습니다. 인간의 본질뿐만 아니라 행위규범, 삶의 목적 등 인간사에 대한 질문과 해답을 찾을 수 있는 이야기가 담겨 있기 때문입니다. 탈무드를 읽어 보면 우리가 어떤 가치관을 가지고 살아가야 하는지 깨달음을 유도합니다. 이러한 탈무드 방식의 깨달음은 부모가 자녀에게, 그 자녀가 또 자손에게 지속적으로 전달하며 하나의 역사와 문화가 되어 유구한 지혜로 흐르고 있습니다. 그래서 단순히 종교적 의미의 경전을 넘어서, 예술 또는 문학적 가치를 지니고 특별한 의미를 전달하는 하나의 장르처럼 여겨지기도 합니다. 오래전 세계 역사상 유대인이 핍박받던 시기에는 『탈무드』를 읽는 것이 금지되기도 했습니다. 그러나 유대인들은 오히려 그런 어려움 속에서도 랍비들이 중심이 되어 『탈무드』를 공부하고 유대인사이에 내려오는 오랜 전통을 이어 나갔습니다. 많은 사람들이 이렇게 말합니다. "오랜 시간 동안 나라를 잃고 떠돌이 생활을 하던 유대 민족이 다시 이스라엘을 세울 수 있었던 힘은 『탈무드』에 들어있는 재미난 이야기 속의 지혜에서 나온 거야."라고요. 지금도, 앞으로도 유대인들에게 『탈무드』가 있는 한 유대인의 강인한 힘과 민족정신은 사라지지 않을 것입니다. 그들의 유머도 언제까지고 계속되겠지요. 이 책은 여러분이 오늘 읽고 훗날 후손에게도 물려줄 수 있는, 영원히 간직할 가치를 지닌 우리 인생의 가장 좋은 선물이 될 것입니다. 탈무드는 불변의 가치를 지니는 유산이기 때문입니다.